Der Literaturschmetterling

Kurzgeschichten und Episoden

Vivien K. Schulz

Inhaltsverzeichnis

- Vorwort -

Biologisch-historisch-literarisch-soziale Betrachtungen zum Schmetterling 4

- Kurzgeschichten -

- Was mich bewegt -

Vorwort

Biologisch-historisch-literarisch-soziale Betrachtungen zum Schmetterling

Wenn man zu lange auf ein Wort schaut bzw. über einem solchen brütet, kommt es vor, dass man die Bedeutung vergisst und ein fremdartiges Wesen vor sich hat. So ist es mir mit dem Schmetterling ergangen: Schmetterling. Schmetterling? Schmetterling! Schmetter! Ling? SCHMETTERLING!

Und prompt grübelte ich drauflos: Was ist eigentlich ein Schmetterling? Woher hat er diesen Namen? Lässt er sich gerne zerschmettern? Schmettert er gerne Lieder, die nur Eingeweihte hören können? Ist Schmettern nicht eigentlich ein viel zu heftiges Wort für so ein zartes Flügeltier?

So flatterten meine Gedanken wild durcheinander. Die Lösung brachte das weltweite Netz, in dem viele verschiedene schlaue Leute die Ergebnisse ihrer eigenen Nachforschungen präsentieren. Mittlerweile bin ich schlauer: Ein paar Anhänger dieser „Schuppenflügler" (biol.-wiss. Bezeichnung) liebten anno Knopf wohl den beim Buttern in offenen Behältern anfallenden Rahm, dazumal auch „Schmand" bzw. „Schmette" genannt. Und sie hatten oftmals nichts Besseres zu tun, als darin während des Naschens zu ertrinken. Tja ja, kleine Sünden … Im Englischen ist der Name noch eindeutiger auf seine Herkunft zurückzuführen: butterfly, also Butterfliege. Es gibt aber auch in

Deutschland noch Gebiete, in denen man die Falter als Schmandlecker bezeichnet. So weit, so klar.

Und weil die Menschen damals schon Geschichten liebten, haben sie diesen naschhaften Faltern angedichtet, sie wären verkleidete Hexen, die unbedingt den Schmand stibitzen wollten. Da tut sich bei mir ja die Frage auf, wie man darauf kam, dass gerade Hexen dieses Butterzeugs so mögen. Kann das irgendeine Dame dieses Berufszweiges bestätigen? Oder war es gar so, dass man alle Frauen, die „Schmette" schleckten, zu Hexen erklärte? Also doch eigentlich nur Nascherinnen? Würde das nicht weiterführend bedeuten, dass alle vernaschten Frauen Hexen wären? Schließlich gab es früher noch nicht so viel Naschwerk wie heute. O je, was hätte die Inquisition in diesen Tagen für Erfolge zu feiern!!

Dabei sind die Schmetterlinge gar nicht immer auf diese während der Butterherstellung anfallenden Abfallprodukte aus. Viel häufiger schlagen sie sich mit dem Nektar der verschiedensten Pflanzen den Bauch bzw. Rüssel voll. Dann gibt es noch Exemplare, die gern Honig essen, und welche, die mit Schmeißfliegen oder Mistkäfern verwandt sein müssen. …

Was ist nun eigentlich so schön am Schmetterling? Einen Großteil seines Lebens verbringt er als eklige Raupe und Puppe und wenn er dann endlich in seiner schönsten „Reinkarnation" geschlüpft ist und die Menschen erfreut, hat sein Dasein auch schon fast wieder ein Ende. Wie ein Stück Schokolade. Man packt es aus, lutscht es flugs auf und dann?

Da könnte man auf den Gedanken kommen, dass das auch auf den Literaturschmetterling zutrifft. Dass er, kaum geschlüpft, äußerst kurzlebig ist. Dem ist nicht so! Dieses possierliche Tierchen hat seinen Namen deswegen bekommen, weil seine vielfältigen (und natürlich schönen, bunten, vielseitigen, leichten, erfreuenden, zum Mitlachen, Mitmachen sowie Mitdenken anregenden) Geschichten so kurz sind. Kurzgeschichten eben, oder, wie sie früher genannt wurden, Geschichten von Haarschnittlänge, die man mal eben schnell las, während jemand anderer einem am Kopf herum fusselte.

Ich habe den Schmetterling auch gewählt, weil er so viele Metamorphosen durchlebt und sich gut für die Darstellung der verschiedenen Lebensphasen eines Menschen verwenden lässt. Wenn er sich noch entwickelt, ist er z.B. im Puppenstadium. Wenn er verliebt ist, hat er Schmetterlinge im Bauch (bei manchen sind es eher wild gewordene Hummeln).

Meine Identifikation mit dem Schmetterling geht jedoch nur soweit, dass ich gewisse Ähnlichkeiten mit der Naschhaftigkeit dieses anmutigen Wesens verspüre – und ebenso gerne Freude verbreite, wie es ihm angedichtet wird. Auch Farben liebe ich über alles. (Von daher finde ich es wunderbar, dass Schmetterlinge gerade in Mode sind und ich meiner Verbundenheit mit diesem Wesen über meine tägliche Kleiderwahl Ausdruck verleihen kann.)

Und sonst? Belassen wir es dabei: Die hiesigen Geschichten und Beiträge sollen ein Lächeln bzw. Grinsen hervorrufen oder auf andere Art und Weise anregen. Man hat jederzeit einen Schmetterling zur

Hand, wenn man etwas Erfreuliches braucht. Das Stück Schokolade setzt schließlich auch Glückshormone frei.

Himmel über Berlin

Kurzgeschichten

Macht

„Wie konnte sie mir das antun?!" Wieder und wieder schlug seine Faust wütend gegen das Außenschild der Bibliothek. Die keifende Stimme in seinem Kopf verhöhnte ihn. Ein Feigling wäre er, wenn er dies nicht für sie tun könnte. Nutzlos. Weich. Unmännlich. Erst ein heftiger Schmerz in seiner Hand brachte ihn dazu, wieder klar zu denken. Ein paar Mal musste er zwinkern, um sich zu erinnern, warum er hier vor dem Eingang der Bibliothek stand. Er war hier, weil er eine Aufgabe zu erledigen hatte. Eine furchtbare Aufgabe. Resigniert schüttelte er seinen Kopf. Es half nichts. Er musste zu Ende bringen, was er begonnen hatte. Dies war die letzte Bücherei auf seiner Liste. Dann würde es endlich vorbei sein.

Langsam ging er auf die Rezeption zu. Die Bibliothekarin sah von ihren Unterlagen erst auf, als er ihr seinen Leihausweis unter die prüfenden Augen schob und sie ansprach. „Guten Tag! Ich bin Lehrer am örtlichen Geschwister-Scholl-Gymnasium. Ich interessiere mich für die Bildbände und Fotodokumentationen über den gesamten Landkreis." Die Frau schaute ihn gelangweilt an. „Es ist für eine Projektarbeit, an die ich meine Schüler heranführen möchte." Er lachte kurz. Es kam ihm falsch vor. „Man muss doch gut vorbereitet sein." „Gang H, hinterste Reihe. Da müssen Sie sich durcharbeiten."

Er wandte sich in die angegebene Richtung und holte sein Stofftaschentuch aus dem Jackett. Ein leichter Schweißfilm hatte seine Stirn in eine glänzende und tropfende Speckschwarte verwandelt. Das Taschentuch war in letzter Zeit häufig zum Einsatz gekommen. Für Aufgaben wie diese war er nicht geschaffen. Es machte ihn fertig, den Büchern ihre Seele zu rauben. Am Gymnasium predigte er den pfleglichen Umgang mit diesen wertvollen Dokumenten und nun machte er genau das, was er seinen Schülern abgewöhnen wollte. Aber dies hier war unumgänglich.

Er konnte nur hoffen, dass diese Bildbände so selten angesehen wurden, dass sich später niemand mehr erinnerte, wer sich zuletzt dafür interessiert hatte. Wenigstens würde er in keinem Verzeichnis auftauchen, da er sich die Bücher nicht auslieh. Sicher war sicher. Je tiefer er in den Gang eindrang, desto ruhiger wurde es um ihn herum. Hierher verirrte sich tatsächlich keine Menschenseele. Da standen die Bildbände. Wie von selbst bewegte sich seine Hand zum ersten Buch und nahm es dem Regal. Ehrfürchtig strichen seine Finger über den Einband. Widerwillig seufzend schlug er es auf und blätterte Seite für Seite um. Schon hatte er das erste Bild entdeckt. Natürlich war sie hier. Sie - oder eine andere. Er wusste nicht, wie sie damals ausgesehen hatte. Im Alter war ihr Gesicht nur noch eine plane Fläche mit einem ununterbrochen redenden Mund in der Mitte. Ohne jegliche persönliche Gesichtszüge. Sein einziger Anhaltspunkt war der, dass sie auch früher schon korpulent gewesen war. „Ich war nicht ganz so kräftig wie heute, aber ich gehörte auf jeden Fall zu den

Molli-Models. Doch ich war eine Augenweide. Ich wurde oft fotografiert! Leider ist kein einziges der Bilder noch in meinem Besitz. Meine Verehrer müssen sie mir allesamt gestohlen haben. Wahrscheinlich als Erinnerung an mich. Die Guten kamen einfach nicht von mir los… Ich kann dir also nicht beweisen, wie gut ich damals aussah." Ihr Blick hatte ihn abschätzig gemustert, während sich ein angewiderter Seufzer ihrem Körper entrang: „Im Gegensatz zu dir, Jürgen. Nun musst du dies für mich tun. Finde die Fotos von mir. Mach dich gleich an die Arbeit. Was stehst du noch hier herum? Willst du mir beim Sterben zusehen?" Ihre harte Stimme hallte durch die Gänge der Bibliothek. Diese Frau begleitete ihn auf Schritt und Tritt. Er wurde sie einfach nicht los. Aber damit sollte es bald vorbei sein.

„Wie kannst du mich nur dazu bringen?!", rief er verzweifelt und riss das Bild aus. Schnell arbeitete er sich weiter durch den Band. Verbissen entfernte er Foto um Foto. Jede rundere Frau konnte es sein. Auch die Partnerin auf diesem Pärchen-Schnappschuss. Der Mann auf dem Foto konnte nichts für seine Begleitung. Also wurde das Blatt geflissentlich zwischen den beiden gefaltet und nur die Frau aus dem Band entfernt.

Wie ein Roboter durchforstete er die Reihe. Nur keine Gefühle! Und dennoch schmerzte jeder Riss. Die große Uhr an der Wand tickte laut, als wolle sie ihn erinnern, wie spät es war. „Ich werde zwar sterben, aber ich bin unsterblich. Ich werde in meinen Bildern fortleben. Hier im Landkreis bin ich eine Art Berühmtheit. Du wirst überall auf mich treffen. Niemals kannst du mich loswerden! Jürgen, wir werden immer und überall zusammen sein.", lachte seine Mutter unter Hustenkrämpfen.

Er bezweifelte, dass sie so berühmt war, wie sie behauptete. Aber aus ihren Meldeunterlagen wusste er, dass sie in ihrer Jugend wirklich für kurze Zeit modelte. Nun warteten die Fotos auf ihre Wiederentdeckung. Und er entdeckte sie alle. Keines ließ er aus.

Nach zwei Stunden hatte er fast das Ende der Reihe erreicht. Plötzlich ließ ihn ein Geräusch hochfahren. Keine zwei Meter von ihm entfernt stand einer seiner Schüler und schaute ihn ebenfalls erschrocken an. Keiner von ihnen hatte damit gerechnet, in diesem Gang auf jemanden zu treffen. Erst recht auf keinen Bekannten.

Wilde Gedankenfetzen rasten durch Jürgens Kopf: Jetzt ist alles aus! Was hat der Junge gesehen? Sie werden mich fertig machen. Ich verliere meinen Job!

Verzweifelt versuchte er, die ausgerissenen Fotos hinter seinem Rücken zu verstecken. Doch er war sich sicher, dass der Junge, wie hieß er doch gleich?, Julian?, die Lage bereits analysiert hatte. In so etwas waren diese abgebrühten Rotzbengel immer verdammt schnell.

Auch der Schüler brauchte einige Sekunden, um aus seiner Erstarrung zu finden. Sein schneller Blick in das Gesicht des Lehrers, zur Hand hinter dem Rücken und zu den Papierfetzen auf dem Boden ließen Jürgen zu dem Schluss kommen, dass er nicht die geringste Chance hatte, heil aus dieser Situation herauszukommen. Langsam breitete sich ein abschätziges Grinsen auf Julians Gesicht aus, seine

Augen blitzten frech. Wie paralysiert schaute der Lehrer seinem Schüler zu, als dieser vor seinen Augen einen Bildband von Helmut Newton aus dem Schrank zog und sich in die Tasche steckte. Dann zwinkerte er Jürgen zu und schlenderte gemächlich Richtung Ausgang.

Der Lehrer stand noch eine Weile wie erstarrt da, das Buch in der einen, die ausgerissenen Fotos in der anderen Hand. Ein Teil von ihm wollte diesen Bengel zur Rechenschaft ziehen. Gerade den wirklich wertvollen Newton-Bildband hatte der Kerl gestohlen! Sollte er etwa damit davon kommen?

Der andere Teil von ihm fragte sich, ob er nicht gerade selbst glimpflich davon gekommen war. Hatte er wirklich so viel Glück gehabt, dass er seine Mission erfüllen konnte? Noch immer stand er unschlüssig im Gang. Würde das Folgen auf sein Ansehen als Lehrer haben? Würden Julian und seine Kumpels ihn überhaupt noch ernst nehmen? Was war wichtiger? Sein Auftrag oder sein Ansehen? Prompt meldete sich seine Mutter zu Wort: „Ich habe ja schon immer gewusst, dass deine Schüler dich nicht ernst nehmen. Wie sollte dich überhaupt irgendjemand ernst nehmen? Du hast überhaupt kein Rückgrat!" Die Entscheidung war getroffen. Inbrünstig zischte Jürgen: „Ich hasse dich!" Während er die restlichen Bücher durcharbeitete, wiederholte er die drei Worte wie ein Mantra. „Ich hasse dich! Ich hasse dich! Ich hasse dich!" Ein ätzendes Lachen antwortete ihm.

Als er wenig später aus der Bibliothek trat, hatte er seine Mission fast erfüllt. Nur eines blieb ihm noch zu tun. Das musste bis zum nächsten Tag warten.

Am nächsten Morgen stand Jürgen in aller Frühe auf der anonymen Wiese des Waldfriedhofes. Die Zeitungen hatten für diesen Tag den letzten Sturm der Saison angesagt. Der Himmel hing wie eine bleierne Haube über ihm. Ein eisiger Wind zerrte an seinem Mantel. Nur vereinzelte bunte Flecken auf der Rasenfläche machten deutlich, dass dort vor kurzem Menschen beerdigt worden waren. Vom Grab seiner Mutter war längst nichts mehr zu sehen. Dennoch wusste er, dass sie auf ihn wartete. Ein letztes Mal, sagte er sich.

„Ich bin da, Mutter. Wie immer. Und ich habe gemacht, was du wolltest. Nun ja, nicht mehr ganz rechtzeitig, aber es ist erledigt. Ich weiß nur nicht, ob du zufrieden sein wirst." Er kicherte kurz. „Nicht, dass du jemals mit mir zufrieden warst, nicht wahr, Mutter?" Er hielt inne. Fast spürte er die ahnungslose Ungeduld der Mutter.

„Weißt du, was ich dir schon immer erzählen wollte? Etwas über mein Lieblingsthema. Die Pharaonen. Ich weiß, sie sind dir herzlich egal. Waren sie dir immer. Eigentlich war dir nichts wichtig außer dir selbst. Und Zuhören war auch nie dein Ding. Alle sollten dir zuhören. Aber jetzt wirst du wohl oder übel mir zuhören müssen!" Er holte tief Luft. „Also, wie gesagt, die Pharaonen. Ist lange her, dass die an der Macht waren. Aber es war eine großartige Kultur. Wusstest du, dass man über untergegangene Völker viel lernen kann, wenn man sich ihren Totenkult anschaut? Die Pharaonen haben ihre Toten einbal-

13

samiert und in Sarkophargen unter Pyramiden zu Grabe getragen. Mal haben sie die Pyramiden selbst gebaut – dann haben sie schon zu Lebzeiten mit dem Bau begonnen, mal haben sie einen Berg genutzt, der wie eine Pyramide aussah, und die Toten in Höhlen darunter beerdigt. Sie glaubten wie du an ein Leben nach dem Tod. Dazu war es ihnen wichtig, dass ihre Namen verewigt wurden. Auf den Sarkophagen und auf Stelen mit ihren Abbildern. Auf Säulen, auf Gemälden. Und wenn ein Pharao sich Feinde geschaffen hatte, dann wurde alles getan, damit er nach seinem Tod nicht weiterleben konnte. Alles, was auf seine Existenz hindeutete, wurde vernichtet. Sein Name wurde von allen Dokumenten, seien sie aus Stein, Ton oder Papyrus, entfernt. Damit wurde sein Einzug ins Jenseits verhindert. Es gab diesen Menschen nicht mehr. So haben sie es zum Beispiel mit Echnaton, dem Mann von Nofretete, gehandhabt. Die beiden können von Glück sagen, dass sich nach vielen tausend Jahren Forscher für ihre Geschichte interessieren. Sonst wären sie auf Ewigkeit in Vergessenheit geraten." Es war ruhig. Zu ruhig. Sie hatte beschlossen, nicht zuzuhören. Er lächelte. Gleich würde sie zuhören. „Sag mal, ist dir aufgefallen, dass du entgegen deiner Wünsche auf einer anonymen Wiese liegst? Ich dachte, es ist besser, wenn du kein eigenes Grab und keinen Grabstein bekommst. Hier ist es doch viel gemütlicher, nicht? Mit all den anderen anonymen Seelen. Ist ein bisschen komisch gelaufen, deine Beerdigung. Außer mir und dem Typen vom Bestattungsinstitut war keiner da. Hat sich niemand für dich interessiert. In fünf Minuten war deine Asche verstreut. Ich bin danach erst einmal feiern gegangen. Die Unterlagen über deine Beerdigung sind übrigens auf mysteriöse Weise verschwunden. Scheinbar liegst du gar nicht hier. Das ist ein Ding, was? Das war dem Bestatter und mir schon ein kleines Sümmchen wert." Jürgen lachte in Erinnerung an die gemeinsamen Interessen, die er mit dem Bestatter entdeckt hatte. Der Mann hatte sich ein ziemlich großes Loch in seine Erinnerungen getrunken.

„Nun ja, was gibt es sonst noch an Neuigkeiten? Ach ja, da gab es diesen Brand im Melderegister des Bezirksamts. Die sind hier noch gar nicht im Computerzeitalter angekommen, wusstest du das? Jedenfalls ist eine kleine Anzahl an Akten verbrannt. Also genau genommen nur deine Akte. Sieht so aus, als ob du laut Melderegister gar nicht existiert hast." Er hörte einen wütenden Schrei, gepaart mit einem höhnischen Ton, und schüttelte den Kopf.

„Du glaubst, du hast noch einen letzten Triumph? Du meinst die Fotos?" Er hörte ihre ohnmächtige Enttäuschung. Sie glaubte nicht mehr daran, dass er ihren Auftrag wunschgemäß erfüllt hatte. Und da hatte sie ausnahmsweise mal Recht.

„Mutter, ich habe sämtliche Dokumente über dich an mich gebracht und sie alle zerstört. Ich bin endlich frei!" Mit diesen Worten öffnete er einen Beutel voller Papierschnipsel und warf diese in die Luft. Der Wind griff sie sofort auf und trug sie in alle Richtungen davon. Ihr Entsetzensschrei zersplitterte am Himmel. Ein befreites Gelächter verjagte endgültig alle Spuren. „Du wirst nie wieder Macht über mich haben!"

In den Abendzeitungen des Tages stand zu lesen, dass nach dem heftigen Gewitter vom Vormittag nun endlich die Sonne wieder ins Land zurückgekehrt sei.

Ungerechte Strafe

Ein schöner Mist! So eine Ungerechtigkeit! Dabei war der Plan doch so gut gewesen.

Er hatte gewartet, bis Oma Gertraud den Korb mit der frisch gewaschenen Wäsche nahm und sie zum Aufhängen in den Garten trug. Das machte sie jeden Tag. Sie war eine sehr reinliche Person und konnte es nicht leiden, wenn auch nur ein kleiner Dreckfleck ihre oder Georgs Sachen verunstaltete. Gestern hatte er sich viel Mühe gegeben, möglichst viele Sachen zu verdrecken. Mindestens drei Mal zog er sich um. Außerdem mussten zwei Tischdecken, sein Bettzeug und zig Handtücher nach einer Begegnung mit ihm in die Schmutzwäsche. Oma Gertraud hatte also heute einen großen Berg Wäsche zu bearbeiten.

Nachdem die Großmutter hinausgegangen war, hätte er mindestens zehn Minuten Zeit haben müssen, um in die Küche zu gelangen, sich dort umzusehen und eine Trophäe mitzunehmen. Oma Gertraud verließ ihr Reich immer für zehn Minuten. Das hatte er auf seinem Beobachtungsposten unter dem Treppenabsatz hinter den Kartoffelstiegen gemessen. Heute hätten es eigentlich gut und gerne auch ein paar mehr Minuten sein müssen, so viel Mühe hatte er sich gestern gegeben.

Er war auf Zehenspitzen in den geheiligten Raum der Großmutter geeilt. Hier durfte er nie alleine herein, nach dem Willen der Großmutter am liebsten überhaupt nicht.

Als die schwere Eichentür hinter ihm zuklappte, hatte ihn das Geräusch so sehr erschreckt, dass er sofort hinter dem Küchentisch in Deckung ging. Aber niemand war gekommen. Niemand schien etwas gehört zu haben. Gerade als er sich soweit sicher gewesen war, dass er wieder aufstehen und den Inhalt des Kühlschranks untersuchen konnte, hörte er den typischen schweren Gang der Großmutter im Flur. Entsetzt hatte Georg aufgehorcht und war wie erstarrt stehen geblieben. Erst als sich langsam die Tür zur Küche aufschob, war er in Panik geraten. Wie konnte sie nur so schnell zurück sein? Das konnte doch gar nicht sein!! Was sollte er jetzt machen? Wieder hatte sich Georg so schnell wie möglich verstecken müssen. Doch wohin? Da, eine Lücke! Rasch hatte er sich in eine Ecke zwischen Kühlschrank und Küchenschrank gequetscht. Schon war Oma Gertraud murmelnd herein gekommen. „Ja, ja. Das Alter. Ich muss aufpassen, dass ich nicht eines Tages etwas wirklich Wichtiges vergesse. Das darf einfach nicht passieren. Ich muss mich mehr konzentrieren. Vielleicht sollte ich mir heute Abend mal wieder meinen Fit-Trunk bereiten." Dieser Fit-Trunk bestand aus geheimen Kräutern, so viel wusste Georg. Er hatte sie bei der Zubereitung durch das Küchenfenster beobachtet. Wenn sie diesen Sud zusammenbraute und trank, kam sie ihm noch mehr wie eine Zauberin vor, als es ohnehin bereits der Fall war. Immer schien sie alles zu wissen.

Georg hatte in seinem Versteck gehockt und gebetet, dass sie heute ausnahmsweise einmal nicht wusste, wo er war. Oma Gertraud war jedoch ganz ruhig auf die Spüle zugegangen, hatte sich das dort vergessene Körbchen mit den Klammern geholt, und wieder aus der Küche gelaufen. Georg hatte aufatmen können, nun aber vor lauter Angst keine Geduld mehr gehabt, um die Küche genauer zu inspizieren. Er war zum Apfelkorb gerannt und dann mit der größten und rötesten Frucht über die Spüle aus dem Fenster gesprungen. Von dort aus war er schnell nach links über den kleinen Graben gesprungen und zu seinem Geheimversteck in den Büschen geflitzt. Der Apfel schien wirklich ein ganz besonders schöner zu sein. Aber nach dem ersten genüsslichen Haps musste er enttäuscht feststellen, dass ein Wurm diesen Apfel zu seinem Heim gemacht hatte. Durch den gesamten Apfel zogen sich verdreckte Gänge. Er war ungenießbar. Gerade noch war Georg so stolz auf sich gewesen! Nicht nur, dass er Großmutters Küche ohne Erlaubnis betreten hatte, er hatte sogar einen ihrer sorgsam gehüteten Lieblingsäpfel stibitzt. Sie gab ihm immer nur zwei Spalten am Tag, aber nie einen ganzen Apfel. Und dann das! Und als ob das noch nicht genug gewesen wäre, stellte Oma Gertraud am Abend fest, dass ein Apfel fehlte. Natürlich wusste sie auch sofort, wer der Schuldige war. Unerbittlich wurde Georg ohne Abendbrot in seiner Kammer eingeschlossen. Hier saß er nun hungrig auf seinem Bett und empfand die Strafe als ungerecht.

Nichts hatte ihm sein Streich eingebracht, nicht einmal einen süßen, saftigen Apfel! Und das nach all der Mühe, die er sich gemacht hatte!

Morgenstund oder Brutus da Wünschi

Mit einem lauten, fröhlichen „Tadaaaa!" springt sie ins Zimmer. „Hallo Mädels, wie geht's Euch?" „Hey, Jo, wie war der Urlaub?" „Hallooo, Du bist ja gar nicht braun geworden!" „Das stimmt. Es war die ganze Zeit über bewölkt. Und wir sind auch viel mit dem Auto umher gefahren und haben uns viele Kirchen angesehen, so dass wir gar keine Zeit zum Sonnen hatten." „War's schön?" „Und wie war der Flug?" Die Kolleginnen plappern aufgeregt durcheinander, so dass Jo Mühe hat, alles auf einmal zu beantworten. „Wunderschön! Die Natur und diese uralten Gebäude – einfach atemberaubend. Wie immer aber viel zu kurz! Es gab noch so viel, was wir nicht gesehen haben. Das machen wir dann nächstes Mal. Der Flug war ein bisschen wackelig – über den Alpen ist es immer etwas windig. Aber ich bin ja heil wieder gelandet." „Und bist Du froh, wieder hier zu sein?" Jo lacht. „Ich bin froh, Euch zu sehen. Der Rest... na ja. Es war schön, mal Abstand zu allem zu haben. Apropos: Gibt's was Neues von Brutus?" „Ay, sischer dat." Alles grinst. Vickis nachgemachtes Kölsch lässt zu wünschen übrig, doch sie spricht diesen Satz mit Inbrunst. „Du weißt doch, er kann nicht leben, ohne mindestens einmal am Tag gezeigt zu haben, was für ein Genie er ist. Erzählen wir Dir in 'ner ruhigen Minute. Da kommt er grad. Wieder zu spät." Durch das Fenster sehen die drei Frauen das Objekt ihrer Unterhaltung näher kommen. „Bestimmt ist er gestern wieder so lange geblieben wie Ari und der Chef. Um zu zeigen, wie unentbehrlich er ist. Wenn er dann wenigstens auch noch arbeiten würde, anstatt ewig zu rauchen oder zu quatschen.", schimpft Vicki noch leise, bevor Brutus die Tür öffnet. Selbstbewusst tritt er ein und schaut seine Kolleginnen forschend an. „Guten Morgen!" Seine Stimme vollführt einen Tanz von einem tief männlich sonoren „Guten" über ein selbstbewusst-fröhliches „Mor" bis zu hin zum lang gezogenen, neugierig fragenden „gäääään". Entgegen seiner Angewohnheit wieselt er nicht sofort in sein Büro, sondern zu seinem Postfach und bleibt am Schreibtisch von Anna stehen. Dort schaut er auf die von ihr gerade bearbeitete Post. Mit einem forschen „Aha" durchwühlt er den Zeitschriftenstapel und schnappt sich ein Exemplar. „Da schreibt ja der Kollege. Kenn ich noch aus Göttingen. Total konfuser Mensch. Einfach konfus." Er vertieft sich in den Artikel und gibt in kurzer Abfolge seine Kommentare zur Kenntnis. „Was für ein Blödsinn!" „Nein, das kann man so nicht stehen lassen! Nein, nein, nein." Wie beiläufig fragt er: „Wie war der Urlaub?" „Schön!" „Schön. Schön! Schöön! Wo warst du denn?" „In den Abruzzen!" „Oh ja, eine wunderbare Gegend. Einfach wunderbar. Ich war selbst dort. Wie bestürzend, dass L´Aquila mit seiner einzigartigen Basilika durch das Erdbeben zerstört wurde." „Ja." „Ja. Ja. Ja. Nun, ich war vor vier Jahren dort. Wir haben per Fahrrad alles erkundet. Die Gegend ist äußerst geschichtsträchtig. Viele uralte Gebäude. Für mich als Historiker .... „ Er stutzt. „So eine Scheiße!"

Dieser von Brutus mehrmals täglich ausgestoßene Ausruf erinnert Vicki an ihren Großvater, dessen Sch-Laute aufgrund seines nicht festgeklebten Gebisses immer äußerst langwierig und inbrünstig klangen. „Der hat ja mein Thema. Mein Thema! Scheiße. Scheiße. Scheiße. Das muss ich mir genauer durchlesen!" Er rennt los. Anna springt auf. „Du kannst das Heft nicht mitnehmen. Ich habe es noch nicht bearbeitet." „Ich kann es dir doch später bringen." „Nein! Duu kannst es dir später holen." „Nun mach doch nicht so einen Aufstand." „Ich mache keinen Aufstand. Ich möchte nur gerne erst alles bearbeiten. Danach kannst du es meinetwegen haben. Hier sind schon zu oft Sachen verschwunden. Von mir aus kannst du dir ja auch eben eine Kopie von dem Text machen und mir das Heft zurück bringen." „Kann ich? Hm. Hm. Hm, nein, das ist mir jetzt zu langwierig. Sag mir einfach Bescheid, wenn ich es haben kann. Ach ja, und dann legst du mir bitte auch noch dieses Heft hier dazu. Ja, das brauche ich. Ja." „Darauf wartet der Chef aber schon lange." „Ich werde mit ihm reden. Ach, da kommt er ja gerade. Guten Moorgää-ään."

Ein älterer, zierlicher Mann steht plötzlich ruhig im Raum. Ein sanftes „Moin!" ertönt und er schaut munter in die Runde. „Gibt's was Neues?" Fragend schaute er Jo an. Brutus stürzt auf ihn zu. „Walter! Schau Dir das an. Der Kollege aus Göttingen hat geschrieben. Mein Thema!" „Na, das ist ja ein Ding. Warst du wohl zu langsam?" Brutus kichert unbestimmt. „Nein, nein, nein. Das hab ich am Wochenende fertig gemacht. War noch kurz hier, um was zu recherchieren und ein bisschen was wegzuarbeiten. Ach übrigens, hier in dieser Zeitschrift ist ein Artikel, den ich noch für diesen Auftrag brauche, du weißt schon." „Aha. Na, dann mach dir doch eine Kopie davon." „Ja, das wollte ich gerade machen. Ja, ja, ja." Walter geht weiter in die Küche. Brutus schmeißt die Zeitung achtlos auf Annas Tisch und folgt umgehend. „Hast du schon diesen richtig guten Artikel auf Spiegel.online gelesen...?" Den Rest können die Frauen nicht mehr verstehen. Sie hören Brutus` schrilles Kichern. „Na, der Chef muss ja heute wieder besonders witzig sein." Vicki schnaubt. „Du siehst, es hat sich nichts geändert. Unser kleiner Napoleon ist immer noch der Größte. Buckelt weiter nach oben und tritt nach unten. Heute war sein Postfach wieder gesperrt, weil es zu voll war. Und gestern auch. Dabei hat ihn Ari jetzt schon so oft darauf angesprochen. Wir können ihm seine Aufträge gar nicht mehr schicken!"

Sofort erschallt Aris Stimme vom anderen Ende des Büros: „Was hat der jetzt schon wieder angestellt? War das Postfach schon wieder voll?" Schnaufend kommt sie in den Raum geeilt. „Gestern und heute." „Wie? Schon zweimal?! Das geht so nicht. Wo ist er denn?" „Mit dem Chef in der Küche." „Ach, der Walter ist auch schon da? Na ja, ich konnte heute nicht so früh kommen, weil ich die Nacht so schlecht geschlafen habe." Sie seufzt. „Die Berliner Luft ist wirklich unerträglich. Meine Bronchien machen das nicht mehr lange mit. Ständig habe ich Schmerzen und rote Augen und dann kommen noch diese Kopfschmerzen hinzu. Ach ja. Ich weiß auch nicht. Dann werde ich mir mal Kaffee kochen und mit ihm reden. Ach, das Wetter ist heute auch wieder so drückend und dunkel. Seid ihr nicht etwas zu leicht angezogen? Was ist das überhaupt für eine Farbkombination? Ach, ihr jungen Leute von heute. Dieser komische Geschmack. Aber ich weiß ja, über Geschmack lässt sich nicht streiten." Lamentierend erreicht sie die Küche und schließt die Tür hinter sich. Vicki, Anna und Jo schauen sich an. „Wie alt ist sie?" „Gerade 40 geworden." „Wir jungen Leute…." Aus der Küche klingt das muntere „Datadata-datadata" von Ari und ein noch lauteres Kichern von Brutus. „Ja, ja, jetzt überbieten sich Kronprinz und Kronprinzessin wieder um seine Gunst."

Hibiscusblüte

Frau Wonnigs Überraschung

Frau Wonnig liebte keine Überraschungen. „Ich bin eher beständig",
sagte sie, wenn sie sich selbst erklären wollte. Andere meinten, sie
wäre mehr als das. Man könnte die Uhr nach ihr stellen.
Sie hatte sich perfekt in ihrem Leben eingerichtet. Jeden Morgen
stand sie um sieben Uhr auf und begann mit festem Blick ihr peinlich
genaues Tagesprogramm. Sieben Uhr zehn Frühgymnastik. Sieben
Uhr dreißig Herrn Wonnig wecken. Sieben Uhr fünfundvierzig Betten
aufschütteln und Wohnung durchlüften. Acht Uhr Brötchen beim
Bäcker kaufen. Acht Uhr dreißig Frühstück. Neun Uhr die jüngere
Schwester anrufen. Hierfür gönnte sie sich täglich eine viertel bis
halbe Stunde. Danach wurde die Wohnung geputzt. Wenn sie damit
fertig war, wurde Mittag gekocht. Und gegessen. Dann eingekauft.
Am Nachmittag half sie ein paar Stunden bei der Nachbarschaftshilfe. Das Abendbrot war Punkt halb sechs Uhr auf dem Tisch, weil
Familie Wonnig halb sieben mit ihren Nachbarn im Vereinshaus Bin-
go oder Karten zu spielen pflegte. Um halb neun waren die Eheleute
wieder zuhause, der Hausherr schaute fern, während seine beflisse-
ne andere Hälfte neben ihm auf dem stabilen, aber unbequemen
Sofa thronte, eine Handarbeit in den Händen, und den vergangenen
Tag kommentierte.
So verlief jeder Tag der Woche, des Monats, des Jahres. Kein Punkt
ihrer Tagesplanung wich jemals irgendeiner nicht eingeplanten Be-
gebenheit. Frau Wonnig war weder glücklich noch unglücklich, auch

wenn ihre ruppige Wortwahl letzteres vermuten ließ. „Glück wird
überbewertet. Ich mag es so, wie es ist. Basta!"

An diesem Morgen jedoch wartete eine Überraschung auf sie. Der
Tag fing nicht anders an als die anderen Tage, doch dieser sollte ihre
Welt nachhaltig auf den Kopf stellen.

Als sie um neun Uhr ihre Schwester anrufen wollte, ging diese nicht
ans Telefon. Sie probierte es wieder und wieder. Doch ohne Erfolg.
Sie wusste, dass dies kein guter Tag sein würde. Und so war es
auch. Sie überlegte wieder und wieder. Sie wusste doch, dass sie um
neun Uhr anrufen würde – wie jeden Tag. Wieso nur war der Ruf ins
Leere gegangen? Wollte sie nicht mit ihr sprechen? War sie nicht da?
Und warum war sie nicht da? Die kleine Maria war doch um diese
Zeit schon längst in der Schule. Nichts sollte sie von diesem Ge-
spräch abhalten können! Anna wusste doch, wie wichtig Pünktlichkeit
war. Und dann, warum rief sie nicht zurück?

Annas telefonische Abwesenheit bereitete ihr schwerstes Kopfzer-
brechen. Nicht, dass sie sich große Sorgen um sie machte. So nahe
standen sie sich nicht. Auch wenn die täglichen Anrufe dies nahe
legen mochten. Es war eher eine familiäre Verpflichtung. Man hielt
den Kontakt zu seinen Verwandten. Das war selbstverständlich. Aber
sie wollte wissen, warum Anna ihre Verabredung nicht einhielt. Wieso
nur brachte Anna das Leben ihrer Schwester so dermaßen durcheinander?

Den ganzen Tag konnte Frau Wonnig sich nicht auf ihre Aufgaben
konzentrieren. Sie war so in Gedanken vertieft, dass das Essen an-

brannte, sie ihren Termin bei der Nachbarschaftshilfe vergaß und am Abend neben ihrem Mann saß, ohne ihre Handarbeit aufzunehmen.

Herr Wonnig registrierte sehr wohl die geistige Abwesenheit seiner Frau. Aber im Laufe dieser Ehe hatte er gelernt, dass er das Schicksal herausforderte, wenn er nachfragte. Er wollte nicht das Ziel ihres Unmutes werden. So harrte er aus und hoffte, dass das Problem sich von alleine erledigen würde. Spätestens am nächsten Morgen wäre sie sicherlich wieder die Alte.

Als Frau Wonnig am nächsten Morgen pünktlich um sieben Uhr die Augen aufschlug, hatte sie beschlossen, dass sie sich von der gestrigen Unregelmäßigkeit nicht mehr beeinflussen lassen wollte. Heute war ein neuer Tag!

Und so griff sie um neun wie gewohnt zum Telefonhörer, um ihre Schwester anzurufen. In diesem Moment klingelte es an der Tür.

Frau Wonnig überlegte, ob sie das Klingeln ignorieren und sich auf ihren Anruf konzentrieren sollte. Aber was, wenn jemand ihre Hilfe benötigte?

Ja, es benötigte an diesem Tag jemand ihre Hilfe. Vor der Tür stand Anna. Sie war nachlässig gekleidet und wirkte völlig aufgelöst. Sie schob die kleine Maria vor sich her und weinte ununterbrochen. Ein vernünftiges Wort war nicht aus ihr herauszubekommen.

Es war nicht Frau Wonnigs Art, Rätsel zu ertragen. So bedrängte sie das Kind und erfuhr, dass Annas Mann sie verlassen und kein Geld zurück gelassen hätte. „Sämtliche Konten sind eingefroren", schluchzte Anna in einer Weinpause. Sie wussten nicht, wohin.

Frau Wonnig kämpfte mit sich. Ihre Hilfsbereitschaft siegte über die Gewohnheiten. Sie verzog den Mund: das würde sie bestimmt bereuen.

Weil ihre Schwester mit sich beschäftigt war, kümmerte sie sich darum, dass Maria auf der nahen Schule angemeldet wurde. Sie kümmerte sich darum, dass die Kleine morgens pünktlich dorthin kam, Essen hatte und nachmittags ihre Hausaufgaben machte. Sie kümmerte sich darum, dass ihre Schwester aß, dass der Haushalt sauber blieb, dass genug Essen im Haus war, dass Maria Freunde fand und Anna unter Menschen kam. Doch Maria und Anna taten nicht immer das, was sie sollten und sie beließen es nicht dabei. Maria prügelte sich mit anderen Kindern und fragte ihre Tante, warum sie nicht genauso wie die Jungen in den Busch pinkeln durfte. Anna stellte die Gewohnheiten ihrer Schwester infrage und provozierte sie mit aufmüpfiger Faulheit. Sie stand spät auf, rauchte mehr als sie aß und übersah die sich stapelnde Wäsche, die Staubflusen auf dem Boden und die Tabakkrümel auf dem Tisch.

Frau Wonnig musste früher aufstehen, schaffte die Morgengymnastik nicht, hatte drei statt nur eine Person zu wecken, eine längere Einkaufsliste und stand jeden Tag vor ungeplanten Ereignissen. Dabei schimpfte sie vor sich hin, dass dies der Grund war, warum sie keine Kinder hatte. Wenn sie ihre Nachbarinnen traf, schimpfte sie über die zwei Mäuler mehr, die sie zu stopfen hatte.

Doch ihre strahlenden Augen straften ihre Worte Lüge. Noch nie hatte sich Frau Wonnig so lebendig gefühlt. Die täglichen Herausforderungen konnte sie nicht immer lösen, aber sie entdeckte, dass sie Sinn für Humor hatte. Ihre Wangen überzog ein rosiger Hauch, wenn sie sich amüsierte. Und das passierte ständig.

Es waren ungeplant schöne Wochen.

Als Anna ihr eigenes Leben wieder im Griff hatte und auszog, betonte Frau Wonnig ihre Freude, wieder ihre alten Gewohnheiten aufnehmen zu können. Sie stand wieder um sieben Uhr auf, lag aber seit sechs Uhr wach. Sie machte wieder Frühgymnastik, fühlte sich aber nicht fit. Sie weckte ihren Mann und ging dann in die zwei Gästezimmer, um die Betten zu machen. Sie kochte jeden Tag Mittag. Für vier Personen. Oft stand sie mitten im Raum und lauschte auf die Stille. Sie fragte sich, ob sie diese genauso mochte wie früher.

Es dauerte noch ein halbes Jahr, bis Frau Wonnig sich ein Antragsformular besorgte und sich gemeinsam mit ihrem Mann einer Prüfung unterzog. „Sie sind sehr beständig und leben eine gewisse Regelmäßigkeit. Das brauchen diese Kinder.", sagte die Dame vom Amt.

Zwei Wochen später zog ihr erstes Pflegekind ein. Und Rose Wonnigs Wangen glänzten wieder.

Scharfe Schoten

Aus dem Leben einer Strumpfhose

Als ich geboren wurde, fühlte ich mich frisch und unverwüstlich. Ja, da staunt Ihr mich aus glanzlosen Blicken an! Ich war auch einmal jung und elastisch! Ich sauste mit meinen Schwestern in der Fabrik auf und ab und ab und auf. Hier wurde noch etwas zugefügt. Und dort etwas geformt. Aber das ist noch nicht alles! Ich bin etwas Besonderes: Meine Schwestern und ich sind dafür gemacht, Frauenbeine frisch zu halten. Wir sind in Aloe Vera getränkt. Was waren wir doch voller Elan! Wild schnatterten wir durcheinander und freuten uns über die Aufgabe, die auf uns zukommen sollte.

Da wurde eine unserer Schwestern aus unserer Mitte gerissen. „Extremtest", hieß es. Wir sahen dabei zu, wie sie auseinandergezerrt und den Elementen ausgesetzt wurde. Es war ein harter Kampf, den wir bangen Blickes verfolgten. Doch unsere Schwester hatte der Maschine wenig entgegenzusetzen. Am Ende gab sie völlig zerstört auf. Das Ergebnis war erschreckend. Zuvor noch formschön und glänzend, war sie nunmehr nur noch eine matte, wüste Menge Stofffasern. Erschlafft hing sie in den Händen dieses Menschen, der sie diesem Kampf preisgegeben hatte. Als hätte er unser vorwurfsvolles Schweigen gespürt, sagte er: „Und das ist noch gar nichts im Gegensatz zu dem, was die Frauen mit euch tun." Und beförderte unsere liebe Schwester in einen riesigen Behälter. Von dort hörten wir sie fröhlich jubeln: „Ich bin frei! Mein Leiden hat ein Ende!"

Wir lernten, uns zu fürchten. Was waren das für schreckliche Geschöpfe, denen wir da ausgesetzt werden sollten? Wir schlossen einen Pakt. Wann auch immer uns eine Frau zu sehr zusetzen sollte, würden wir uns wehren und unserer Schwester in die Freiheit folgen. Wenige Tage später wurden wir in dunklen Kartons zusammengepfercht. Es folgte eine lange Zeit der Finsternis, in der es unablässig bedrohlich krachte und wackelte. Als es wieder hell um uns wurde, hingen wir hintereinander in einem Gitter und waren der Hitze und der Strahlung eines furchtbaren Neonstrahlers ausgesetzt. Dieser leuchtete auf uns, weil wir ja etwas Besonderes und Neues waren. Doch ich hing nicht lange dort. Ein paar krallenbewehrte Hände packten mich und schleuderten mich achtlos in einen Korb. Dann wurde ich wieder herausgehoben und gegen eine Glaswand gehalten, aus der mir ein ohrenbetäubender Piepton entgegen schallte. Dann wurde ich wieder in eine dunkle Tasche gestopft. „Oh, na viel Glück!", hörte ich eine herbe Stimme in meiner Nähe. Ich erblickte eine alte Verwandte. Sie hatte Ähnlichkeit mit meiner Schwester nach dem Test. Sie zwinkerte mir zu. „Wie meinst du das?", fragte ich ängstlich. „Du wirst es ja sehen, Schätzchen. Aber mach dir nichts draus. Wir sehen uns alle in den Bergen der Freiheit wieder." „Wo sind die?" „Das weiß ich auch nicht, aber ich habe davon gehört – und werde jetzt wohl dahin kommen. Ich freu mich so!" Ich seufzte und harrte der Dinge, die da kommen sollten. Ach, wäre ich doch auch nur schon in den Bergen der Freiheit!

Ich war nur kurz in der Tasche. Schon bald wurde ich wieder ausge-packt und auseinandergefaltet. Ich sah diese furchtbaren Krallen und hatte panische Angst. Als sich Beine in mich senkten und diese Hän-de anfingen, an mir zu zerren, dachte ich an die alte Verwandte, an meine Schwestern und an unseren Schwur. Die Frau riss und riss an mir. Und ich? „Zirrrrrr", machte ich und rannte davon.

Und so bin ich hier in den Bergen der Freiheit gelandet. Ich gebe zu, sie stinken ganz schön. Und Ihr, meine Lieben, seht auch nicht gera-de verheißungsvoll aus. Du, liebe Dose, hattest bestimmt einmal einen leckeren Inhalt und warst weniger scharfkantig. Und Du, liebe Schultasche, warst bestimmt auch einmal sauber. Ihr seid wirklich keine idealen Zuhörer! Aber das macht nichts. Das einzige, was zählt: Ich bin wieder mit meinen Schwestern vereint. Die meisten sind auch schon hier – und wir haben uns viel von unseren Erlebnissen zu berichten.

Mein Freund, der (Schnecken-)Baum

Der Baum

Das hier war sein Baum. Sein Vater hatte ihn anlässlich seiner Geburt gepflanzt. Wenn er sich vorstellte, was für ein schlabberiges Zeugs sein Nährboden gewesen war… „Wurgs.", machte er. Hatten sie gerade in Bio gehabt. Die ganze Geschichte um die Entstehung eines Kindes herum. Total eklig. Jetzt wusste er genau, wie dieses schreiende Etwas da drüben in der Wiege entstanden war. Und das machte ihn wirklich nicht glücklicher. Wenigstens hatte Eva keinen eigenen Baum. Wenigstens das hatte sie nicht. Ansonsten… Missmutig kickte er gegen die Blumenrabatte und schaute sich augenblicklich ängstlich um, ob seine Mutter das auch nicht gesehen hatte. Er wollte ihr eigentlich gar keinen Ärger machen. Aber es war auch schwer einzusehen, warum sich alles um dieses verschrumpelte Ding drehen musste. Und er wurde dabei irgendwie immer vergessen. Ständig hieß es: Eva hier, Eva dort. Dabei war Eva total langweilig. Die konnte aber auch gar nichts. Nur sabbern, glucksen, schlafen und doof in der Gegend rumgucken. Und er musste plötzlich Sachen machen, die er gar nicht wollte. Bring mal den Müller runter, deck mal den Abendbrottisch, pass mal kurz auf deine kleine Schwester auf. Wirklich, er konnte seine Zeit auch anders verbringen. Er brauchte das nicht. Mit Anton Fußball spielen zum Beispiel. Oder zocken. Aber nicht grässlich stinkenden Müll entsorgen. Das war so widerlich! Und seine Eltern ließen ihn jetzt auch viel seltener raus. „Willst Du nicht mal mit Deiner Schwester spielen?" Kapierten die es nicht? Was sollte er denn mit der spielen?!

Anton hatte ihm erzählt, dass das noch lange nicht alles war: Am Ende darf die kleine Schwester mit allem spielen, was einem gehört und man hat das Nachsehen. Er seufzte schwer. `Das kann ja echt heiter werden.´

Aber wenigstens der Baum, den konnte ihm niemand wegnehmen. Das war seiner. Man konnte zwar nicht so gut mit ihm spielen. Aber vielleicht konnte man später mal ein Baumhaus in ihm bauen. Und da hatten Mädchen dann definitiv keinen Zutritt.

Aus dem Haus rief seine Mutter: „Daniel, kannst du mal deinem Vater helfen?" Sie erschien auf der Terrasse und hatte einen kleinen Spaten in der Hand. „Buddelst du mit ihm ein Loch? Für den neuen Baum?" Einen neuen Baum? Ihm schwante Furchtbares.

Tatsächlich schleppte sein Vater in diesem Moment einen kleinen Baum um die Ecke. „Frisch aus der Baumschule. Extra für Eva. Ein Apfelbaum." Er wischte sich den Schweiß von der Stirn. „Was hältst du davon, wenn wir ihn zwei Meter entfernt von deinem aufstellen? Dann können wir nächsten Sommer vielleicht schon eine Hängematte für dich da aufhängen. Wär´ das was?" „Und Eva?", fragte Daniel. „Ach, die nächsten zwei, drei Jahre wird sie noch zu klein dafür sein. Da bist du vor ihr sicher." Er wuschelte durch Daniels Haare und zwinkerte ihm zu. „Sie kriegt so ´ne Kinderschaukel. Aber die machen wir an dem Ahorn fest. Die Äste sind stärker." Hoffnungsfroh schaute Daniel zu seinem Vater auf. Vielleicht gab es doch noch jemanden auf seiner Seite. „Aber vergiss nicht, dass du die Hängematte deiner Schwester zu verdanken hast." Daniel verzog den Mund. Das würde ein langer Weg werden, bis seinen Eltern wieder einfallen würde, wer hier das erste Kind in der Familie war. „Ach Daniel, so schlimm ist es gar nicht. Du wirst sehen, die Kleine ist ganz annehmbar. Denk doch mal an deine Tante Vreni. Ich konnte sie am Anfang auch überhaupt nicht leiden. Aber dann hab ich entdeckt, dass sie zu einigen Dingen ganz gut zunütze war. Und auch Eva wird ja nicht immer so hilflos sein. Eines Tages kann sie mit dir spielen. Du kannst sie ins Tor stellen… und …na, so einiges mehr. Und du kannst sie beschützen, wenn sie Streit hat. Das ist wirklich nicht zu verachten, sag ich dir. Die kleine Schwester hält dich für den Größten. Und das wird dein Leben lang so bleiben. Du bist der wichtigste Mann in ihrem Leben." „Hm", machte Daniel. Er war wichtig? Abschätzend schaute er in die Wiege. Eva lachte ihn glücklich an. Er strahlte zurück.

Sonne und Wolken

Gesetzmäßigkeiten

Dieser Morgen war furchtbar. Und das, obwohl es Samstag war – der
schönste Tag der Woche! Eigentlich sollte man ausschlafen, später
genüsslich frühstücken und dann den ganzen Tag lang das Leben
genießen können. Was da hieße: gemütlich bummeln, auf dem Bal-
kon sitzend die Sonne genießen und lesen, fern sehen oder einen
Ausflug an einen der nahe liegenden Seen unternehmen. Ganz so,
wie man es gerade wollte.
Eigentlich.

Dieser Morgen fügte sich nicht in das Konzept. Ganz und gar nicht! Alles hatte damit angefangen, dass Paula beschloss, wenigstens mit ihrem Freund zu frühstücken, wenn er denn schon so früh los musste. Dazu hatte sie sich den alten ausgebeulten, fleckigen Jogginganzug übergeworfen und die strähnigen Haare zu einem einfachen Zopf zusammengesteckt. Mit schlitzekleinen, verquollenen Augen und eben jenem Uralt-Jogginganzug, den das Tageslicht eigentlich schon lange nicht mehr sehen durfte, hing sie am Frühstückstisch, knabberte an einem Brötchen und hoffte, später noch – ganz kurz nur – eine Mütze Schlaf zu bekommen. Er schlürfte seinen Kaffee und hockte ebenfalls apathisch auf seinem Stuhl. Es war eindeutig zu früh.

Nach dem spärlichen Frühstück wollte sie ihn schnell zum Auto hinunter begleiten. Um diese Zeit würde ja wohl noch niemand anders auf der Straße sein und sie sehen!

Dachte sie. Und zunächst war das auch so…

Als ihm kurz vor dem Auto einfiel, dass er seinen Schlüssel vergessen hatte und sie umkehrten, mussten sie entdecken, dass ein im Schloss steckender Schlüssel den Schließmechanismus blockierte.

Zwei Stunden später waren sie 130,00 Euro ärmer, schockgefrostet und frustriert. Sie ganz besonders, denn mittlerweile waren sämtliche Nachbarn der Straße auf, führten ihren Hund Gassi oder holten die Morgenzeitung und Brötchen. Und alle sahen verwundert eine gammelige Pennernachbarin, die in der Hausflurecke hockte und gerne ein Loch im Boden gefunden hätte.

Sie erinnerte sich, dass die vorangegangene Müttergeneration mehrere Benimm-Maxime formuliert hatte, u.a.: Gehe niemals unfertig aus dem Haus, nicht mal zum Müll! Eines war klar – diese Maxime war hochaktuell! Sie nahm sich vor, sich von jetzt ab immer daran zu halten.

Kaum hatte sie ihren Freund wirklich verabschiedet, beschloss sie, die Beine als Belohnung für die erlittenen Peinlichkeiten kurz hochzulegen, einen Kaffee zu genießen und sich erst danach um das Chaos in der Wohnung kümmern. Sie trank ihren ersten Schluck und verschluckte sich – auch das noch: der falsche Kaffee! Widerlich süß! Im selben Augenblick klingelte es an Wohnungstür. Hustend rannte sie zur Tür. `Hoffentlich nur der Postbote?´, dachte sie ängstlich.

Doch das wäre für diesen Morgen zu harmlos gewesen…

Alte Bekannte waren „gerade in der Gegend" und wollten sich nun endlich einmal die Wohnung anschauen. Während Paula an der Gegensprechanlage hing und hektisch ihre Gedanken ordnete, erkannte sie mit Entsetzen: Keine Zeit mehr für etwaige Aufräumaktionen. Es blieben nur Sekunden, in denen sie gerade einmal sich selbst in eine vernünftige Jeans und ein T-Shirt stecken konnte. Eilig klaubte sie dabei noch ein paar Sachen vom Boden auf und sperrte sie in die Kammer. Fertig? Noch lange nicht! Aber schon klingelte es an der Tür Sturm – der Besuch war da. Zum zweiten Mal an diesem Tage schämte sie sich entsetzlich. Die Wohnung sah aus, als ob eine Bombe eingeschlagen hätte. Sie machte sich im Kopf eine Notiz: Zweite Maxime – Gilt ab sofort: Wenn es klingelt und die Wohnung sieht bescheiden aus – klingeln lassen! Auch wenn die Müttergeneration eher „Täglich aufräumen!" skandiert hätte. Der Besuch, Teil dieser Müttergeneration, sah gnädig über das Chaos hinweg, wollte sich zukünftig aber dann doch lieber telefonisch ankündigen…

Die Tochter

„Die Fahrausweise bitte!" O nein! Ihr wurde heiß und kalt zugleich. Sie spürte, wie eiskalter Schweiß ihren Rücken überflutete. Gleichzeitig brannte ihr Gesicht. Es hatte alles so schnell gehen müssen. Sie war die Treppe zum Bahnsteig hochgehetzt, in der einen Hand die Tasche mit den Sachen für ihren Vater, in der anderen das Handy, aus dem seine leidende Stimme drang. Sie wollte so schnell wie möglich bei ihm sein. Womöglich war es ein Herzinfarkt. Das Abfertigungssignal war bereits ertönt, da schlüpfte sie zwischen die zufallenden Türen des Zuges. Ohne gültigen Fahrausweis. In der Hektik hatte sie den vergessen.
Seither hatte ihr Vater bereits drei Mal angerufen. Wo sie denn bliebe, es ginge nicht mehr lange.
Der Kontrolleur kam immer näher. Sie starrte ihm entgegen wie ein Reh den Lichtern des todbringenden Autos. Sie ächzte. Uniformen! Wie sie sie hasste und fürchtete! Ihr Vater hatte immer eine getragen. Selbst als Pensionär schien sie sein einziges Kleidungsstück zu sein.

Auch sie musste als Kind Sachen tragen, die einer Uniform glichen. Alles gerade, sauber, faltenfrei.

Noch heute traute sie sich nicht, bunte, ausgefallene Sachen zu tragen und so wusste sie genau, was jetzt auf sie zukam. Hübsche, aufgeschlossene Frauen wurden von den Kontrolletis freundlich behandelt. Frauen wie sie dagegen… „Ihren Fahrausweis bitte!", herrschte man sie an. Der Mann musterte sie unfreundlich. Sie schluckte schwer. „Ich hab vergessen, ihn abzustempeln. Hier sehen Sie, ich habe einen dabei. Ich hatte es nur so eilig, zu…" Sie wurde unterbrochen. „Steigen Sie bitte an der nächsten Station mit aus." „Das geht nicht. Ich habe es wirklich furchtbar eilig. Mein Vater…" „Das ist Vorschrift. Sie steigen mit aus, wir nehmen Ihre Daten auf, sie bezahlen – dann können Sie gleich den nächsten Zug nehmen." „Aber verstehen Sie denn nicht?" Ihr Handy klingelte. Sie schaute auf das Display. Ihr Vater. Sie konnte jetzt nicht! „Ich komme gleich wieder zu Ihnen und wir steigen gemeinsam aus." Der Kontrolleur ging weiter. Lieber Gott! Er würde sie wie einen gemeinen Schwerverbrecher abführen! Die anderen Passagiere starrten sie neugierig an. Wie sie das hasste. Sie wollte keine Aufmerksamkeit erregen. Und nun das. Schrill tönte das Telefon. „Was ist denn nun? Wo bleibst du?! Ich brauche dich hier! Wenn man dich EIN MAL braucht!" Sie seufzte, blieb aber ruhig. „Vater, du weißt doch, dass ich erst von der Arbeit zu dir nach Hause musste. Das braucht eben seine Zeit." „Ich war von Anfang an dagegen, dass du diese Arbeit annimmst und ausziehst. Aber du wolltest ja nicht hören. Und nun sieh dir an, wozu das führt! Ich sterbe hier! Allein!" „Vater, ich beeile mich ja. Was sagen denn die Ärzte?" „Es hat sich bisher keiner blicken lassen. Sie vergessen mich hier. Du musst mir helfen. Man nimmt mich nicht ernst!" Der Kontrolleur kam auf sie zu. „Wir müssen jetzt aussteigen." Sie nickte ergeben. Aus dem Telefon war die aufgebrachte Stimme ihres Vaters zu hören. „Wer ist denn da? Wer redet mit dir? Was soll das?" „Ein Kontrolleur.", gestand sie. „Ich habe vergessen, den Fahrausweis zu entwerten. Ich ruf dich gleich wieder an." Er schrie: „Was fällt dir eigentlich ein? Wie kannst du nur so verantwortungslos sein? Ich liege hier im Sterben, falls dir das bewusst ist! Komm auf der Stelle her!" Seine Stimme überschlug sich. Sie flüsterte nur noch. „Ich melde mich gleich wieder." Und legte auf. Der Kontrolleur schaute sie interessiert an. Sie zeigte auf das Telefon in ihrer Hand. „Entschuldigen Sie. Mein Vater hatte vermutlich einen Herzinfarkt und ist im Krankenhaus. Er liegt im Sterben, aber niemand kümmert sich um ihn. Deswegen habe ich es so eilig", sagte sie leise und mit gesenktem Kopf. Schon schrillte das Handy wieder los. Sie hörte den Kontrolleur laut auflachen. „Hören Sie, ich habe die Stimme Ihres Vaters bis hierher gehört. Ich kenne diese Sorte Mensch. Der Mann ist nicht krank. Ich würde mir das überlegen, was Sie mit sich machen lassen. Wissen Sie was, wir vergessen das hier. Sie müssen ganz andere Dinge mit sich ausmachen." Ungläubig staunte sie ihr Gegenüber an. Ein netter Uniformierter? Das Telefon heulte, einer Sirene gleich. Verwundert schaute sie abwechselnd auf ihr Gegenüber und auf das Telefon. Dann schaltete sie das Handy aus. „Danke.", sagte sie und strahlte den Mann an. Leichtfüßig sprang sie in die die entgegen gesetzte Bahn.

Männliche Abwehr

Berlin. Anna-Paula liebte diese Stadt. Wirklich! Nur nicht die Single-Männer darin. Ihre männlichen Pendants waren in die Hauptstadt der Singles gezogen, um solo zu bleiben und nicht, um das zu ändern. Leider. Doch Anna-Paula wollte aus der Statistik ausbrechen. Sie wollte nicht mehr dazu gehören. Gerade war der Frühling ausgebrochen und nicht nur, dass sämtliche Leute plötzlich ungewöhnlich freundlich waren – es verging beinahe keine Stunde, in der sie nicht einem wild knutschenden Pärchen begegnete.

Wie sie das nervte! Diese schmatzenden Geräusche! Diese Seufzer und leichten, tiefglücklichen Lacher! Hatten diese brünftigen Wesen denn kein Zuhause?! Es fehlte nicht viel und sie würden gleich über-einander herfallen. Anna-Paula fragte sich wieder und wieder, warum sich diese Pärchen ausgerechnet ihr gegenüber in die S-Bahn setz-ten - und dann fast aufeinander lagen?! War sie so unauffällig, so übersehbar? Oder befanden diese Beinahe-Exhibitionisten, dass sie der offensichtlichen Single-Frau mal so richtig Kino bieten müssten? Es fehlte nicht mehr viel und Anna-Paula hätte die hormongesteuer-ten Yinyangs angepöbelt – dieses Schmatzgeräusch konnte einen ja in den Wahnsinn treiben!!!

Tief im Innern jedoch wusste Anna-Paula: Sie wollte auch! Knutschen! In jemandes Armen liegen und den Jemand zum Held ihres Tages erklären! Vielleicht nicht in der S-Bahn. Aber küssen wollte sie auch. Für den Anfang.

Indes musste sie entdecken, dass viele Testosteronis einen höchst unwillkommenen Radar besaßen. Bei Frauen mit Zukunftshoffnungen zeigten sie sich störrisch. Nicht mal Lippenpflege war drin! Ein Kuss konnte womöglich zu einer jahrelangen Gefangenschaft ausarten! Dabei gab es doch noch so viele andere weibliche Möglichkeiten. So entwickelten die Herren verschiedene Abwehrwaffen, um gefährlichen Sirenen zu entkommen. Zu ihrem Leidwesen kam Anna-Paula wiederholt in den zweifelhaften Genuss dieser Waffen und konnte sich bald nicht mehr entscheiden, was der schlimmste Schlag eines Mannes gegen eine romantische Frau war. Allerdings sollte sie dies bald wissen.

Als sie eines Morgens zur Arbeit fuhr, stieg ein sehr attraktives Mannsbild ihrem S-Bahn-Abteil zu. Sofort erwachte ihr Interesse und sie musterte ihn wohlgefällig. Er war groß gewachsen, hatte dunkle Haare, ein symmetrisch geschnittenes Gesicht, ein gepflegtes Äußeres. Falls ihm ihre Aufmerksamkeit bewusst geworden war, versteckte er dies gut. Er mimte Desinteresse. Doch Anna-Paula ließ sich nicht beirren und versank in Träumerei: Wer war er? Woher kam er? Hatte er Frau und Kind? Oder war er noch zu haben? Wie konnte sie diesen Adonis auf sich aufmerksam machen? An sich binden?

Nebenbei beobachtete sie jede seiner Regungen. Gerade als sie darüber nachsann, welches Brautkleid sie wählen sollte, hob er seinen Zeigefinger. Interessiert verfolgte sie, was der wundervolle Mann wohl nun tun würde – und ihre Träume verpufften. Unaufhaltsam verfolgte der Finger seinen Weg in die Nase dieses Subjekts, um dann genüsslich darin herumzubohren. Schaudernd und angeekelt wandte sich Anna-Paula ab. Nun wusste sie es: Die beste Abwehrwaffe eines Mannes gegen interessierte Frauen war INDERNASEBOHREN!

Kittys Paket

Am Morgen ihres 70. Geburtstages schlug Kitty die humorvollen blauen Augen auf und dachte fröhlich: ´Heute muss es kommen!` Sie hatte es nicht vergessen und freute sich unsagbar darauf. Schon oft hatte sie behauptet, dass sie an ihrem 70. Geburtstag ein wunderbares Paket bekommen würde. Doch für ihre Familie war es nur eine von vielen Geschichten, die Kitty in den Tisch-Höhlen oder auf den Sofa-Bergen der Bibliothek erzählte.

Auch an diesem besonderen Nachmittag hockte sie hinter einer Couch und ließ ihre Stimme zunächst leise, dann immer lauter und fröhlicher ertönen: „Und nachdem ich mich nun die ganze Nacht im Heuschober versteckt hatte und mir Furcht erregende Gestalten begegnet waren, die ich nur mit allergrößter Mühe in Schach halten konnte, musste ich mit der Morgensonne entdecken, dass das Rascheln und das schrille Pfeifen in Wirklichkeit eine niedliche kleine Mäusefamilie war, das böse Knurren von einer schnurrenden Katze kam, die mit mir schmusen wollte, und das Knacken, Knarzen und Rumpeln durch den Wind unterm Dach und das stets arbeitende Holz der Balken verursacht worden war. Und dafür hatte ich nun eine schlaflose Nacht verbracht? Ich versprach mir hoch und heilig, nie wieder solche Angst zu haben und den Dingen furchtlos zu begegnen. Merkt Euch, Kinder: Nichts ist in Wirklichkeit so groß wie die eigene Angst! Buh!", machte sie und die Kinder quietschten. „Und nun müssen wir Ordnung machen. Eure Eltern in der Küche sind bestimmt gleich fertig mit den Essensvorbereitungen."

In diesem Moment klingelte es an der Tür. Als der tiefe Gong ertönte, schien es, als ob ein plötzlicher Windstoß leise wispernde Stimmen durch das Haus trug. Großmutter Kitty aber lachte leichtfertig über diesen Wisperwind. „Was meint ihr, kommt nun endlich mein Paket? Ihr wartet hier, meine Lieben.", rief sie den erwartungsvollen Kindern zu und machte sich auf den Weg zur Haustür.

„Frau Katharina Großmann?", fragte ein Bote. „Ja, die bin ich." Die alte Dame nahm das Paket entgegen, doch ein Blick auf den Absender verunsicherte sie. „Anwälte Mangold und Söhne?" Sie dankte dem jungen Mann freundlich und ging nachdenklich zurück in die Eingangshalle. Neugierig knüpfte sie die Paketschnur auf, strich das Packpapier flach und öffnete den Karton. Darin befanden sich ein weiteres Päckchen und ein Anschreiben der Anwaltskanzlei.

„Verehrte Frau Großmann,

wie beauftragt, übersenden wir Ihnen als Rechtsnachfolger der Anwaltskanzlei Lorenz & Mangold anliegendes Päckchen.

Mit freundlichen Grüßen, Hannes Mangold & Söhne

P.S. Herzlichen Glückwunsch zu Ihrem 70. Geburtstag! Mögen Sie noch viele Geburtstage erleben!"

„Mangold?! Ja, natürlich, der Partner!" Träge bewegten sich Erinnerungen in Kitty. Sie fing an zu zittern. Mit dem Päckchen auf dem Arm eilte sie hinauf in ihr Schlafzimmer. Sie musste – nur kurz! – allein sein.

In ihrem Zimmer setzte sich Kitty in ihrem Lieblingssessel und sah sich den Inhalt des Pakets an: verschiedene Fotos, Briefe und ein alter, stumpfer, schwarz angelaufener Handspiegel. Die Tür öffnete sich leise. Kittys beunruhigte Tochter Elisabeth, Lissy genannt, steckte den Kopf in den Raum. „Geht es dir gut?", flüsterte Lissy. „Ist es das erwartete Paket?" Aus ihren Gedanken hoch geschreckt, sah Kitty auf. „Wie? Ja, ja, es geht mir gut." Sie stand auf und wanderte erregt durch das Zimmer. Dann wandte sie sich Lissy lachend zu. „Kind, das Paket ist wirklich gekommen! Es ist etwas ganz besonderes, so wertvoll! ... Schon vor 50 Jahren wurde es auf den Weg gebracht. Und heute bekam ich es endlich. Schau nur, diese wunderbaren alten Fotos und Bilder. Ich wusste gar nicht mehr, dass es sie gibt. Und hier ein besticktes Taschentuch mit lauter Glückskleeblättern von meiner Freundin Lisbeth. Ein Band mit getrockneten Blüten von der Wiese vor unserer Schule. Der alte Handspiegel. Und hier,

der Brief. Würdest du ihn mir bitte vorlesen? Ich bin zu aufgeregt!"
Verwundert nahm Lissy den Brief und begann laut zu lesen:

„Liebe Kitty, herzlichen Glückwunsch zu Deinem 70. Geburtstag! Ich hoffe, dieses Schreiben erreicht Dich bei bester Gesundheit..." „Ja, ja!!", lachte Kitty und winkte Lissy, weiter zu lesen.

„Ich bin heute 20 Jahre alt geworden und fange einen neuen Lebensabschnitt an. Ich ziehe um! Nichts wird mehr so sein wie es war. Auch wenn ich keine Angst habe – ich bin sehr aufgeregt. Was wird mir in den nächsten Jahren begegnen?" Kitty kicherte.

„Du bist nun 70 Jahre alt geworden und ich frage Dich: Was hast Du erlebt, seit Du so alt warst wie ich? Hast Du geheiratet, Kinder bekommen? Hast Du Dein Glück gefunden, Deine Träume verwirklicht? Ich hoffe, Du bist immer noch so quietschfidel wie Du es „früher" einmal warst! Hast Du noch einmal solche Angst gehabt wie damals auf dem Heuschober?" „Oh ja!", seufzte Kitty inbrünstig. Verwundert schaute Lissy auf. „Du hattest mal Angst?"

„Sicher hatte ich die. Oder hast Du niemals Angst um Deine Kinder? Bitte lies doch weiter!"

„Bist Du traurig, dass Du im Herbst Deines Lebens angekommen bist oder genießt Du Dein Leben weiterhin in vollen Zügen? Ich glaube, Du genießt es, denn ich kann mir nichts anderes bei Dir vorstellen. Außerdem hast Du es Lisbeth versprochen und Du hältst Deine Versprechen immer! Denkst Du manchmal an sie?... Mama, wer ist Lisbeth?" Versonnen spielte Kitty mit dem bestickten Taschentuch. „Lisbeth war meine beste Freundin. Sie starb kurz vor meinem 20.

Geburtstag. Eine traurige Geschichte. Als wir uns das letzte Mal sahen, habe ich ihr etwas geschworen. Für sie wollte ich doppelt so intensiv leben und alle Eindrücke aufnehmen, die sie nicht mehr erleben würde." Sie lächelte und griff nach Lissys Hand. „Ja, ich denke oft an sie." Lissy lächelte zurück.

„Wie geht es weiter?"

„Ich denke ständig an sie und bin noch immer sehr traurig. Lisbeth wird mich immer begleiten, wenn ich an die Universität gehe, wenn ich meinen Beruf aufnehme, wenn ich Kinder bekomme und wenn ich alt werde. Ich werde jede Phase meines Lebens mit jeder Faser meines Herzens genießen. Mutter braucht keine Angst um mich haben. Wegen Lisbeth werde ich aufpassen und nicht mehr so unbedacht sein wie ich es bisher war. Meinst Du nicht auch?" Hier lachte Kitty laut auf. „Nie wirst du dir das abgewöhnen!"

Lissy las weiter: „Aber ich glaube, es kann nicht schaden, etwas von meiner Unbedarftheit zu behalten: Es hat nämlich etwas Gutes, wenn man weiterhin so offen und fröhlich durch das Leben geht. Hätte ich nämlich Angst gehabt, hätte ich niemals Frau Großmann kennen gelernt. Dank meines lauten Mundwerks und meines schnellen Eingreifens konnte ich verhindern, dass Frau Großmanns Handtasche geraubt wurde. Als Dank hat diese mir dann ein kostenloses Zimmer in ihrem großen Haus für meine gesamte Studienzeit zur Verfügung gestellt. Ist das nicht wunderbar? Sie hat einen Sohn, der so gut wie verschollen ist. Jedenfalls hat sie seit seinem letzten Brief aus Südamerika vor einigen Monaten nichts von ihm gehört und fühlt sich ein wenig allein. Ich glaube, ich bin ihr sehr willkommen.

Nun gut, meine Liebe, mein Brief muss ein Ende finden. Das Päckchen soll heute noch zum Anwalt. Er findet meinen Auftrag ziemlich ungewöhnlich, wird ihn aber gewissenhaft ausführen lassen, da bin ich mir sicher. Ich wünsche Dir alles Liebe und hoffe, Du wirst noch lange gesund und munter sein. Ich freue mich auf unser Wiedersehen. In Vorfreude auf das Leben, Deine Katharina

P.S. Ach ja, werde ich wohl eines Tages einen anderen Nachnamen haben?"

Kitty lächelte seufzend und betrachtete sich in dem schwarz angelaufenen Handspiegel. „Großmann wirst Du heißen, meine Liebe. Großmann."

Feigenbaum

Freunde, für immer

Katharina lehnte sich lächelnd zurück und nahm einen Schluck von ihrem Frühstückskaffee. Vor ihr saß Rabea und erzählte begeistert von ihren Hochzeitsvorbereitungen und der lebhaften Feier, die sie dafür geplant hatte. Von Partys verstand sie etwas. Auch hatte sie sich auf zahlreichen Hochzeiten vergnügt. Nun, bei ihrer eigenen, würde sie all die Vorstellungen umsetzen, die sie und ihr zukünftiger Mann im Laufe der Jahre gesammelt hatten. Die beiden waren voller gespannter Erwartung!

Katharina freute sich, dass sie sich heute so einvernehmlich und sorglos unterhielten.

Sie kannten sich seit dem Krabbelalter, hatten im gleichen Haus gewohnt, waren in den gleichen Kindergarten und die gleichen Schulen gegangen. Sie waren längste, älteste Freundinnen. Aber waren sie auch beste Freundinnen?

Es hatte sich im Laufe der Jahre entwickelt. Die blonde Katharina war ein fröhliches und aufgeschlossenes Kind, anders als die ruhige, dunkelhaarige Rabea. Aber wenn die beiden spielten, vergaßen sie alles. Wild tobten und quietschten sie herum. Sie waren wie Schwestern. Katharina achtete auf ihre „Kleene". In ihrer frühesten Erinnerung holte sie Hilfe bei der Kindergärtnerin, weil die Freundin in der Ruhepause hilflos in ihrem Erbrochenen lag und bitterlich vor Schmerzen und Angst weinte. Auch wenn die Kinder auf dem Hof spielten, passte die Robuste auf, dass sich die Zarte nicht weh tat.

In der Schulzeit machten die Mädchen gemeinsam Hausaufgaben und feierten gemeinsam Geburtstag. Rabeas Geburtstage blieben der „Großen" in guter Erinnerung. Zum Essen durften die Gäste das Schlafzimmer der Eltern okkupieren, weil es größer war als die schmale Kammer ihrer Tochter. Dabei liebte Katharina diesen Raum sehr, weil er ein Podest hatte und verwinkelt war – ein Abenteuerspielplatz. Und sie liebte den darin thronenden Plüsch-Elefanten, auf dem man in tolle Abenteuer reiten konnte.

Doch schon damals verbrachten die Beiden nicht ihre gesamte Zeit miteinander. Nie war Rabea bei Katharinas nachmittäglichen Ausflügen mit den Jungs dabei. Sie spielte mit Rebecca. Auch diese war ruhig und besonnen.

Die Sommerferien verbrachten Rabea und Katharina gemeinsam im Garten von Katharinas Großeltern. Die „Kleene" liebte die zwei Alten. Sie behauptete, sie sähen aus wie Bilderbuch-Großeltern. In späteren Jahren erzählten sich die Frauen liebevoll Geschichten aus dieser Zeit. So würden sie nie vergessen, wie der kriegsgeschädigte Großvater mit einer halb vergammelten, schwarzen Banane ankam und die Kinder fragte, ob sie diese leckere Frucht nicht essen wollten. Als sie vehement verneinten, schälte der Opa das Obst vor ihren Augen auf und verspeiste voller Wonne das wabbelige Ding. Noch heute ekelten sich die beiden Frauen inbrünstig.

Wirklich nahe kamen sich die Mädchen nach der Wende, als sie gemeinsam den - nun - halbstündigen Weg zur Schule liefen. Jahrelang trafen sie sich jeden Morgen und gingen einträchtig ihren Weg. Während dieser Zeit tauschten sie sich über alles aus, was sie bewegte. Katharina erfuhr, wie entsetzlich Rabea unter dem Druck litt, ihren Eltern gefallen zu wollen und den Ansprüchen ihres Vaters zu genügen. Morgens waren sie beste Freundinnen.

Doch tagsüber… Katharina schien eine neue beste Freundin entdeckt zu haben, mit der sie jede Pause um den See zog. Später entschied sie sogar, dass sie lieber mit dieser neuen als mit Rabea spielen wollte und ließ diese allein zurück. Unmittelbar danach schämte sie sich entsetzlich – für lange Zeit. Als die so genannte neue Freundin Katharinas Freundschaft mit Füßen trat, stand Rabea ihr zur Seite. Sie waren eben beste Freundinnen, die sich alles verzeihen konnten.

Dann begann Rabeas Studienzeit, in der sich alles veränderte. Sie wurde zur Partymaus, war allseits beliebt und ständig unterwegs. Nach dem Studium fand sie einen tollen Job nach dem nächsten und zog von Berlin an die Küste und von der Küste in die Berge. Die Frauen sprachen sich selten und sahen sich noch seltener. Aber wenn es mal klappte, freuten sie sich riesig. Wie heißt es so schön? Die wahren Freunde sind die, die sich alles vergeben, selbst wenn sie sich lange nicht hören. Sie finden sofort wieder Gemeinsamkeiten. Doch bei vielen Treffen hatte die nun sensibler gewordene Katharina das Gefühl, die Rabea der Kindertage nicht zu finden. Hatten sie die Entfernung und die Jahre auseinander gebracht?

An diesem perfekten Morgen wusste Katharina, dass dem nicht so war. Sie saßen hier zusammen und beschwatzten das aufregende Ereignis, Diätenwahnsinn, schnulzige Filme und freuten sich des Lebens. Die „Große" war selig - es war wie früher. Hier war ihre alte Freundin. Als wäre sie niemals weg gewesen.

Und so konnte sie Rabea auch beruhigen, als diese gestand, eine andere Freundin als Trauzeugin gewählt zu haben. Es war ihre Kindheit, die sie verband. Nicht ihr Erwachsenenleben. Sie würden für immer die längsten und ältesten Freundinnen bleiben, immer die „Kleene" und die „Große". Sie konnten aufeinander zählen. Das würde sich niemals ändern.

Wie soll ich das nur meiner Versicherung erklären?

Kürzlich in der Notaufnahme:

„Ich bin verzweifelt! So ein Mist! Das glaubt mir keiner, was mir passiert ist! Erst die Geschichte im September und jetzt das! Ich stecke in einer Pechsträhne, das ist es! Das muss es sein! Ich hab doch niemandem etwas getan! Da müssen mir höhere Mächte etwas Übles wollen! Und dann: Doktor! Wie erkläre ich das meiner Frau? Sagen Sie mir das mal bitte! Die letzte Geschichte hat sie schon unglaubwürdig gefunden. Aber da brachte wenigstens die Zeitung einen Bericht darüber. Frei laufender Elefant kuschelt mit Baum, Baum fällt auf Auto. Raten Sie mal, wessen Auto das war! Und als Snack hat dieses graue Riesenkind noch auf meinem Rucksack herum gekaut. Der war danach nicht mehr zu gebrauchen. Auch meine Papiere waren futsch. Meine Frau hat gedacht, ich hätte mal wieder einen zu viel gehoben und mir was ausgedacht, warum ich zu spät komme, das Auto kaputt ist und ich kein Geld mehr habe. Doch mit dem Artikel hatte ich dann wenigstens ein Beweisstück. Mit Foto! Aber jetzt? Keinen Fotoapparat zur Hand, nichts! Und wenn sie gleich kommt, Doktor, müssen Sie mir helfen! Sie haben doch den Fisch gesehen, oder? Was für ein Riesenvieh! Sie wird denken, ich hätte mich wieder einmal geprügelt. Dieser Verband. Und diese Halskrause. Ach Doktor, und wenn der Fisch nicht so ungünstig gefallen wäre, müsste ich jetzt nicht auch noch ein blaues Auge erklären. Wer kann denn auch ahnen, dass die Möwen sich mehr zutrauen als sie können?! Dass sie sich den größten Fisch im Wasser angeln und dann zu blöd sind, den auch zu halten?! Wer kann denn auch ahnen, dass einem mitten in der Stadt aus etlichen Metern Höhe ein Fisch auf den Kopf fällt?! O Gott, ich mag gar nicht daran denken. Wenn mir meine Frau schon nicht glaubt, was ist dann mit der Versicherung? Die Auto-Versicherung hat letztens schon gezickt. Und nun macht bestimmt auch die Krankenversicherung Probleme! Meine Güte, wie soll ich das meiner Versicherung erklären?!"

(Zur näheren Erklärung beachten Sie bitte den Artikel „Elefantenwitz" in der MAZ vom 19. und 20. September 2009.)

Gefranste Schwertlilie

Der Picknickkorb

Lächelnd fuhr Sylvie mit den Fingerspitzen über die breiten gelben Bastfasern, die sich mit dünnen roten abwechselten. Was für ein schöner alter Picknickkorb! Er war innen mit einem rot-weiß-karierten Stoff ausgelegt, der teilweise schon etwas dünn und löchrig wirkte. Den müsste man austauschen, dachte sie. In der Nähe wusste sie einen kleinen Laden, der eine Unmenge an Stoffen anbot. Bis auf diese kleine Unregelmäßigkeit war der Picknickkorb perfekt. Seine originalen Lederbänder hielten Porzellanteller, die mit blauen Kornblumen und roten Mohnblumen bemalt waren. Sogar angelaufenes Silberbesteck und alte Sekt- und Wassergläser befanden sich im Korb. Die gelblichen Gläser waren zart gemustert und wiesen schon einige Kratzer auf. So, wie sie aussahen, hatten sie bereits einige, lang vergangene Picknickausflüge erlebt.

Immer wieder strich Sylvie verträumt über den Deckel des Korbes, öffnete ihn, schnipste die Gläser sanft an und berührte die Mohnblumen auf den Tellern. Sie dachte an ihren Traum, in dem sie lachend mit Freunden auf einem nach frisch gemähtem Gras duftenden Hügel an einem spiegelglatten See stand und ihnen mit ihrem Sektglas zu prostete. Überall waren Decken ausgebreitet und standen Picknickkörbe mit Salaten, Hähnchenkeulen, Bouletten, Süßspeisen und Obst bereit. Die Männer, große strahlende Jungs in hellen Leinenanzügen, spielten mit den ebenso leicht und freundlich gekleideten Frauen

Wikingerschach. Irgendwie sprangen auch ein paar Kinder in ihrem Traum herum, aber sie wusste beim besten Willen nicht, zu wem diese gehörten. Sie wusste auch nicht, ob ihre alten Freunde mittlerweile Kinder hatten. Seit sie in diese kleine Stadt gezogen war, hatte sie nur noch wenig Kontakt zu ihnen. Lediglich mit ihrer Freundin Clara hielt sie über das Internet Kontakt. Und diese würde kaum für ein Picknick aus ihrer heiß geliebten Großstadt in dieses Kaff gefahren kommen. Neue Freunde hatte sie hier nicht gefunden. Höchstens ein paar Bekannte, mit denen sie sich über ihre Arbeit unterhalten konnte. Sie seufzte und blickte auf.

Der Antiquar, der sie seit einer Weile beobachtete, schlenderte zu ihr und meinte freundlich: „Ein schönes Stück, nicht wahr?" „Oh jaa!", rief sie begeistert aus und ließ ihre Hand noch einmal über den Korb gleiten. Mit ein wenig Wehmut in der Stimme flüsterte sie, dass der Korb viel zu schade für sie wäre. Es gäbe ja niemanden, der mit ihr picknicken würde. Ein schiefes Grinsen stahl sich auf ihr Gesicht: „Und nur zum Herumstehen und Verstauben ist er auch zu teuer, nicht wahr?!" Ihr attraktives Gegenüber zuckte bedauernd mit den Schultern. „Es ist schon ein Liebhaberstück, das gebührend beachtet werden will. Na, vielleicht überlegen Sie es sich noch einmal, hm?!" Er zwinkerte ihr zu. Sie lächelte erstaunt zurück.

Kurze Zeit später verließ sie das Antiquariat und lief über die Brücke in den Park. Hinter diesem begann die kleine Siedlung, in der sie ihre kleine Wohnung hatte. Der Weg durch den Park war bedeutend kürzer und erholsamer als der über die laute und stark befahrene

Hauptstraße, in der sich alle Geschäfte ihrer kleinen Stadt befanden – und der Antiquar, an dessen Fensterscheiben sie sich beinahe täglich die Nase platt drückte. Sie wusste, dass es kindisch war, solch romantische Träume zu haben, aber sie konnte nicht anders. Zuhause angekommen, loggte sie sich ins Internet ein. Ihre Freundin Clara wartete schon. Fröhlich begrüßte sie Sylvie. „Stell Dir vor, ich habe heute unseren alten Klassenkameraden Robert getroffen. Du warst doch früher so verschossen in ihn. Er ist wieder aus Amerika zurück und sieht noch besser aus als damals! Hat sich nach Dir erkundigt, mich richtig ausgequetscht. Ich hab ihm ein bisschen was erzählt. Wie Du in diesem Kaff lebst…" Sylvie hörte gar nicht richtig zu. Sie musste unbedingt von ihrem Erlebnis berichten. Schnell tippte sie ihre Grüße ein und kam umgehend auf ihren Picknickkorb zu sprechen. „Bin heute wieder meinem Picknickkorb begegnet. Er wartet immer noch auf mich." Clara antwortete prompt: „Meine Güte! Fröhnst Du etwa immer noch dieser alten Leidenschaft? Hase und ich kennen die Geschichte doch schon in- und auswendig!! Selbst Robert konnte sich erinnern, dass Du schon als Jugendliche total scharf aufs Picknicken warst. Übrigens kommt er nachher zum Abendbrot. Ich kann Dir dann ja mal erzählen, wie es war. Bestimmt spannender als bei Dir!" Kichernd antwortete Sylvie: „Nun ja, eventuell gibt es bei mir auch was Neues! Der Antiquar weiß den Korb ebenfalls sehr zu schätzen. Er ist mir vorher gar nicht aufgefallen. Äußerst gut aussehend! Und in meinem Alter. Vielleicht würde er ja mit mir picknicken. " Clara jubelte und schimpfte zugleich: „Au ja!

Endlich unternimmst Du was! Frag ihn! Und erzähl mir dann alles! Aber pass auf! Nicht, dass das so ein windiger Typ ist!"

„Soll ich wirklich?", fragte Sylvie laut in den Raum hinein. Die Idee hatte etwas für sich. Sie malte sich aus, wie sie gleich am nächsten Tag den Korb kaufen und gleichzeitig den Antiquar zu einem Probe-picknick überredete. Sie nickte. Warum eigentlich nicht?

Als sie am nächsten Tag nach dem Feierabend in den Laden kam, war der Picknickkorb nicht mehr da. Ein alter Verkäufer sah sie ratlos an. „Den haben wir heute verkauft. Vor ungefähr zwei Stunden. Nun schauen Sie doch nicht so verzweifelt drein! Mein Enkelsohn war froh, endlich einen Käufer gefunden zu haben." „Ihr Enkel?", fragte Sylvie. „Ja, der hilft mir oft im Laden aus. Ist ein guter Mann. Kann den Leuten wirklich alles verkaufen."

Traurig verließ Sylvie das Geschäft und wanderte langsam die Stra-ße zum Park hinunter. Hatte sie zu lange gewartet? Würde sie jemals ein romantisches Picknick erleben?

Im Park befanden sich heute nur wenige Menschen. Ein alter Mann ging mit seinem ebenso alten Mischlingshund spazieren. Eine Frau in einer schrill-bunten Kittelschürze fuhr mit dem Fahrrad an ihr vorbei. Hinten bei den Eichen saß eine Gruppe Jugendlicher und sang zu den Tönen einer Klampfe. Auf der Wiese zu ihrer rechten Seite hatte es sich ein Mann auf einer Decke bequem gemacht. Vor sich hatte er einen Picknickkorb, aus dem er soeben ein Glas nahm und Sekt einschenkte. Sie blieb abrupt stehen. Das war doch IHR Picknickkorb! Wie kam dieser Kerl dazu, sich erst IHREN Picknickkorb anzueignen und dann auch noch in IHREM Park zu sitzen?!

Der Mann rief ihr etwas zu. Sie verstand nicht. Er stand auf und winkte sie zu sich. Misstrauisch kam sie näher. Er hielt ihr ein Glas Sekt entgegen. „Hey Sylvie, ein Glas Sekt gefällig?" Blaue Augen blitzten sie an. Sie stutzte. Woher kannte dieser Mensch ihren Namen? Wer war das? „Hast Du mich immer noch nicht erkannt? Ich bins, Robert. Dein alter Schulfreund! Ich dachte, bevor Du diesen Möchtegern-Antiquar ansprichst, komm ich hierher und lad Dich zu ´nem Picknick ein. Du wurdest mir sehr ans Herz gelegt. Na, was ist?" Er hielt ihr das Sektglas hin, welches sie verwirrt entgegennahm. „Robert? Robert! Das ist ja eine Überraschung!" Sie strahlte ihn an. Robert, ihre heimliche Flamme aus der Schulzeit, hatte den weiten Weg hierher unternommen, um mit ihr zu picknicken! Clara, die alte Petze! Sie musste lachen. „Ich hab zwar auf die Schnelle keinen hellen Anzug gefunden, aber den kann ich ja beim nächsten Mal anziehen." „Beim nächsten Mal?", fragte sie atemlos. Er grinste vielsagend.

Der Mohn blüht!

Meister T.

Auf einmal war er da. Mitten im Raum stand der Mann im anthrazit-
farbenen Anzug und schaute ihn kopfschüttelnd an. Henn Feddersen
hatte ihn nicht in das Büro kommen sehen oder hören. „Sie wünschen?", fragte er, während er überlegte, wer dieser graumelierte
Herr mit den strengen Gesichtszügen war. Einer der neuen Chefs?
Er schien autoritär zu sein. Der Mann schaute ihn immer noch prü-
fend, auch mitleidig an. „Wie kann ich Ihnen helfen, Herr ..äh?" „Sie

können mich Meister nennen.", antwortete der Graue mit einer dunklen, steinharten Stimme. „Herr Meister. Willkommen in der Abteilung Versicherungsprüfung. Darf ich Sie herumführen?" Der grauhaarige Mann machte eine unwirsche Handbewegung. „Feddersen, finden Sie Ihr stupides, eintöniges Leben nicht langweilig? Tagein, tagaus machen Sie das Gleiche. Zu denselben Uhrzeiten und mit den gleichen Emotionen. Selbst im Urlaub bleiben Sie zuhause und prüfen Ihre eigenen Papiere. Gibt es denn nichts, was Sie gerne mal erleben möchten?" Henn Feddersen trat einen Schritt zurück. An seinem Leben war nichts auszusetzen. „Ich wüsste nicht, was Sie das angeht. Aber ich bin zufrieden." „Zufrieden?! Damit?!" Die Stimme hallte. „Sie haben keine Frau, keine Familie, keine Freunde, keine Hobbys, nichts! Und damit sind Sie zufrieden?" Er schien wütend zu sein. Feddersen wurde unangenehm warm. Über sein Leben wusste sonst niemand Bescheid. Er erzählte nichts. Gut, er hatte auch nicht viel zu erzählen. Aber so wollte er es haben. Ordnung war nicht nur das halbe, sondern das ganze Leben! „Wie kann man sein Leben nur so weg werfen!", grollte der Graue und kam näher. „Was ist, wenn ich Ihnen sagen würde, dass Sie nur noch zwei Wochen zu leben haben. Was würden Sie machen?" Feddersen lehnte es ab, darüber nachzudenken. Sein letzter Arztbesuch war noch keine Woche her. Er war kerngesund. „Ich würde weiter machen, wie bisher. Glauben Sie mir, mein Leben ist in Ordnung. So wie es ist." Er wandte sich ab und setzte sich wieder an seinen Schreibtisch. Doch der Mann blieb. Er machte es sich auf einem Sessel gemütlich und paffte eine Zigarre.

Feddersen irritierte die Geschwindigkeit des Grauen. Er hatte weder mitbekommen, wie er sich den Sessel geholt noch wie er sich die Zigarre angezündet hatte. War das ein Zeichen fortschreitenden Alters? Er schüttelte den Kopf. Der Sohn des Pförtners war im Sportteam der Stadt. Er war der Schnellste, den Feddersen jemals gesehen hatte. Bis heute. Vielleicht würde der Junge ebenso flink wie dieser steinerne Mann sein, wenn er einmal groß war.

Herr Meister räusperte sich. „Wissen Sie, ich mache das selten. Ich gehe fast nie zu einem meiner …äh… Mandanten. Ab und an verstecke ich Hinweise. Und schaue, wie diese verstanden werden." Er geriet ins Plaudern. „Doch bei Ihnen… Sie sind zu geradlinig, um sie zu verstehen. Aber ich wollte Ihnen eine Chance geben. Wenigstens das. Wissen Sie, diese zwei Wochen sind relativ. Ich könnte daraus auch einen Tag machen. Wenn Sie sich aber entschließen könnten, noch etwas Schönes erleben zu wollen, würde ich es etwas hinauszögern. Überlegen Sie doch bitte noch einmal! Es muss ja gar nichts Großes sein", bat er.

Feddersen wurde ungeduldig. „Ich verstehe nichts von Ihrem Geschwafel! Wieso sollte ich Ihr Mandant sein? Ich habe bestimmt keine rechtlichen Probleme. Und woher sollten Sie wissen, wann ich sterbe? Ich glaube nicht an solchen Hokuspokus! Ich habe noch zu tun und darf Sie bitten, jetzt zu gehen!" Herr Meister senkte zustimmend den Kopf und ging gemessen zur Tür. Mit einem traurigen Blick maß er Feddersen. „Bis später!", hallte es im Raum. Herr Meister war fort. Henn Feddersen fasste sich an den Kopf. „Mit was für Typen man es

so zu tun bekommt!", rief er laut. „Geradezu unheimlich. Ha. Ha. Ha."
Ob sich ein Kollege einen Scherz erlaubt hatte? Ein Chef war Herr
Meister definitiv nicht. Aber er würde gleich mal insistieren, dass
seine Kollegen und er die neuen Chefs so schnell wie möglich kennen lernten.

Als der Feierabend nahte, hatte Henn Feddersen viel geschafft. Er
war zufrieden. Die kleine, lächerliche Episode am Morgen hatte ihn
zu ungeahnter Schaffenskraft angetrieben. Sehr zufrieden mit sich
und seinem Leben trat er vor dem Bürogebäude auf die Straße. Dicke Schneeflocken schwebten durch die Luft. Angewidert öffnete er
seinen Schirm. Er mochte keinen Schnee. Dieser war nass, kalt und
dämpfte die Geräusche. Wenn er am Boden lag, wurde er zu
schmutzigem Matsch. Nein, Schnee war wahrlich kein Frieden stif-
tendes Wunder, wie manche glaubten! Ein Leuchten lenkte ihn von
seinem Ärger ab. Vor ihm schwebte ein einziges Schneekristall. Es
leuchtete überirdisch schön. Gebannt schaute er, wie es auf seine
Hand hinabschwebte und dort liegen blieb. Der Schnee hatte ein
Wunder vollbracht. Feddersen hatte das friedliche Gefühl, allein auf
der Welt zu sein. Das heftige Quietschen und Bremsen des LKWs
hörte er nicht mehr.

Meister T. – Die Einsicht

Was aber wäre, wenn der Besuch von Meister T. doch eine Wirkung auf Henn Feddersen gehabt hätte? Kehren wir zurück zu dem Zeitpunkt, an dem Feddersen die letzte Möglichkeit hat, zur Einsicht zu gelangen. Gerade teilt Meister T. Feddersen im Plauderton mit, dass er sterben wird.

„Doch bei Ihnen... Sie sind zu geradlinig, um sie zu verstehen. Aber ich wollte Ihnen eine Chance geben. Wenigstens das. Wissen Sie, diese zwei Wochen sind relativ. Ich könnte daraus auch einen Tag machen. Wenn Sie sich aber entschließen könnten, noch etwas Schönes erleben zu wollen, würde ich es etwas hinauszögern. Überlegen Sie doch bitte noch einmal! Es muss ja gar nichts Großes sein", bat er.

Feddersen wurde unruhig. Was redete der Kerl da? Wieso beharrte er so dringend darauf, dass er nicht mehr lange leben würde? Er fixierte den Grauen. Dessen Gesichtszüge mochten steinhart und klar sein, doch seine Augen waren nicht deutlich zu erkennen. Dort, wo sie sein sollten, waren schwarze Schlitze. Er konnte dem Mann nicht in die Augen schauen! Eine Gänsehaut überzog seinen Rücken. Langsam machte ihm der Steinerne Angst. „Wer sind Sie wirklich?", brachte er schließlich hervor.

„Ich sagte es Ihnen bereits, man nennt mich Meister. Meister, Gevatter, Sensenmann." Er wackelte mit dem Kopf. „Ich habe viele Namen. Meister bevorzuge ich. Das Wort Tod lasse ich gerne weg. Es macht den Menschen Angst. Sie glauben, dass das irdische Dasein alles ist, was sie haben. Und so fürchten sie sich vor mir. Vor mir! Stellen Sie sich das vor! Nie werde ich das verstehen! Die Menschen sind so ängstlich! Ich mache mir die Mühe und komme sogar vorher vorbei, um sie besser vorzubereiten und ihnen die Chance gebe, ihr Leben besser zu nutzen. Und später hole ich sie einfach nur ab. Mehr nicht. Und doch… Schauen Sie mich an – ist da irgendetwas an mir, das Sie fürchten müssten?"

Feddersen hatte Mühe, dem Gesprächsverlauf zu folgen. Da sagte ihm der Tod persönlich, dass er bald sterben würde. Und dann beschwerte er sich, dass die Menschen Angst vor ihm hatten? Er stotterte: „Äh, nun ja. Ja. Sie machen mir Angst." „Aber warum denn?!" „Muss ich wirklich sterben?" „Ja, Sie stehen auf meiner Liste. Deswegen bin ich hier. Doch Sie können Ihre letzten Tage sinnvoll verbringen. Das ist Ihre Chance!" „Ich… Wie kann ich sterben? Ich bin kerngesund! Und was passiert dann?" Meister T. stand auf. Sein Mund verzog sich zu einem ewigen, wissenden Lächeln. „Ich habe die Liste nicht gemacht, mein Freund. Ich führe sie nur aus. Genießen Sie das Leben." Feddersen stürzte hinter ihm her. „Das werde ich! Gleich! Wirklich! Aber…. Warten Sie!" Der Graue drehte sich um. Er sah zufrieden aus. „Was nun?", fragte Feddersen. „Bis bald?" „Vielleicht", murmelte Meister T.

Erholungsurlaub

Niemand zweifelte daran, dass die Hochzeit meiner Schwester Bea ein voller Erfolg werden würde. Meine Mutter hatte sich dies geschworen und alle Familienmitglieder, die nicht fest genug „nein" sagen konnten, zwangsverpflichtet. Monatelang scheuchte sie meinen Vater und mich von einem Brautausstatter zum nächsten und vom kleinsten Restaurant zum größten Schloss. Oft waren mein alter Herr und ich kurz davor, unseren Trick anzuwenden. Doch stets haben wir uns gegenseitig aufgebaut und im Kalender sehnsüchtig die Tage abgestrichen. Heute, am Tag der Hochzeit, konnte ich nachvollziehen, warum Hochzeitsplaner dermaßen beliebt waren. Wie gerne hätte auch ich einen von diesen unübertrefflichen Alleskönnern engagiert und mich währenddessen auf meine Befindlichkeiten konzentriert. Ich sah nach dem ganzen Organisationsstress gruselig aus; ausgezerrt und zerpflückt wie ein graues, altersschwaches Maultier, dem das Fell büschelweise abhanden gekommen war. Ach, was wäre ich gerne auch so störrisch gewesen wie dieses Vieh, aber in mir steckte das Wesen eines gutmütigen, samtäugigen dummen Hundes. Auf mein dezentes Maulen hin hatte mich meine Frau Mutter lediglich zu Recht gewiesen: Papperlapapp! Was zählte schon mein Aussehen?! Hauptsache, meine Schwester sähe an ihrem großen Tag wunderschön und erholt aus!

Während diese gerade entspannt bei der Kosmetikerin weilte, schleppte ich mich in dem angemieteten Hotel den Gang zur Küche hinab. Von dort aus eilten mir verängstigte Kellner entgegen. Kaum hatte ich die Schwingtür geöffnet, stand mitten im Raum die kleine drahtige Person, die ich meine Mutter nannte. Wieder einmal ertappte ich mich dabei, an dieser Verwandtschaft zu zweifeln. Mit roten Wangen und leidenschaftlicher Energie herrschte sie den Hotelmanager an. „Hatten wir nicht vereinbart, dass das Rosengeschirr verwendet wird? Wieso tragen Ihre Leute dann das Liliengeschirr in den Speisesaal? Lilien gehören zu Beerdigungen und anderen derartigen Anlässen! Aber nicht zur Hochzeit meiner Tochter! Mein Blumenhändler arrangiert in diesem Augenblick im Hochzeitssaal den edelsten Rosenschmuck! Dazu passt kein anderes Geschirr! Und bevor Sie die Tische fertig dekorieren: Ich habe vorhin einige Flecken auf den Tischtüchern entdeckt. Ich würde Ihnen dringend raten, diese zu ersetzen! Nachher darf kein einziger Fleck zu sehen sein – erst recht nicht, wenn ich womöglich die Dekoration kurzfristig umstellen muss. Erledigen Sie das bitte schnellstmöglich! Ach, Kindchen! Gut, dass du da bist!" Sie hatte mich entdeckt. Ich schloss kurz die Augen und ging dann seufzend auf sie zu. In Gedanken murmelte ich mein Mantra: Durchhalten. Nicht mehr lange. Durchhalten. Nur noch wenige Stunden… „Schätzchen, ich kann diese Leute hier einfach nicht allein lassen. Sie machen auch überhaupt nichts richtig. Und das Gespür für Hochzeitsfeierlichkeiten scheint ihnen auch völlig abzugehen. Such du bitte deinen Vater. Er muss dringend die Säge vom Tischler und den Baumstamm vom Förster abholen. Ach ja, und der Taubenzüchter hat auch angerufen – sein Wagen hätte `die Hufe hochgerissen´." Viel sagend hob sie eine Augenbraue. „Na, wir kennen ja diesen Paul. Jedenfalls habe ich ihm gesagt, dass dein Vater auch diese Kisten abholen wird. Bitte begleite ihn doch und helfe ihm, er ist ja auch nicht mehr der Jüngste. Und macht schnell, dass ihr wieder da seid – es ist noch so viel zu erledigen!"

Ich salutierte, was mir einen mahnenden Blick und ein empörtes „Hm" einbrachte. Sie sammelte schon wieder Luft, um noch etwas zu sagen. Doch bevor sie nur den Mund öffnen konnte, flitzte ich aus der Küche. Draußen kramte ich mein geheimes Zweithandy aus der Tasche, um meinen Vater zu suchen, der ebenfalls ein solches besitzt. Niemand weiß von diesen zwei Telefonen, unserem Notfall-Kontakt. Mein Vater und ich sind seelenverwandte Leidensgenossen. Von ihm stamme ich definitiv ab. Er ist ein noch älteres, noch fusseligeres Muli mit dem gleichen sanften Kern. Zwar hat er sich im Laufe seines Zusammenlebens mit der Königin Mutter einen ruppigen Ton und das Gehabe eines überaus weit gereisten und alles besser wissenden Schnösels angeeignet, aber das ist nur Fassade. Niemand soll wissen, wer im Hause Schönborn wirklich die Hosen anhat.

Ich fand meinen Vater im Hotelpark. Dort hielt er ein paar Kindern einen Vortrag über die Flora und Fauna in Australien. „Als ich vor ein paar Wochen einen Freund dort besuchte – er ist übrigens Walbeobachter und hat mich mal mit aufs Wasser genommen, um diese wunderschönen, riesigen Tiere zu studieren -, befanden wir uns im tiefsten Winter. Stellt Euch das vor: Gleichzeitig mit unserem Sommer hier herrscht Winter in Australien. Ist das nicht kurios? Nun, nicht dass der dortige Winter mit unserem Winter vergleichbar wäre. Schnee gibt es dort nicht. Und so kalt wie hier wird es lange nicht. Es regnet einfach. Die ganze Zeit."

Ich ging lächelnd auf ihn zu. „Tag, Pappchen, hältst du wieder Vorlesungen?" „Oh, hallo Püppchen! - Das ist meine Tochter – genau genommen eine meiner Töchter. Meine Jüngste und Liebste. Sie will mich von euch fortlocken, damit ich euch nicht so viele Geschichten erzähle und dann heute für Abend keine mehr übrig habe. Aber mir gehen die Geschichten niemals aus." Er lachte und wandte sich mir zu. Augenblicklich war sein Gesicht überhaupt nicht mehr fröhlich, sondern sah ebenso abgezehrt aus wie ich mich fühlte. „Püppchen? Was gibt's? Haben wir wieder eine endlose Liste von Befehlen erhalten?" Ich seufzte abgrundtief und würgte mich spielerisch. „Ja, leider. Wir müssen zum Tischler und zum Taubenzüchter. Beide schaffen es nicht hierher. Mutter ist unabkömmlich und die Einzige, die verhindern kann, dass diese Hochzeit eine Pleite wird." Er schnaubte: „Ich mache drei Kreuze, wenn das alles vorbei ist. Aber was red ich! Es wird niemals vorbei sein! Danach gibt es sicherlich noch Weiteres zu erledigen. Bea wird es ihrer liebevollen Mutter überlassen, die Dankeskarten zu versenden, die geliehenen Dekostücke zurückzugeben, jedem Dienstleister eine Referenz auszustellen und so weiter und so fort! Und diese wird uns dann wieder durch die Gegend scheuchen! Ich sehe eine endlose Liste an Arbeit auf uns zukommen." Wir schauten uns beide verzweifelt an. Doch auf einmal funkelten die Augen meines Vaters. „Es ist an der Zeit, dass Ala und Igor uns für ihre

Forschungsarbeiten benötigen! Dringend! Umgehend! Sofort! Ich hatte deiner Mutter gegenüber schon erwähnt, dass es dieses Jahr wohl nicht nur bei einem Mal bleiben wird. So ist es nun mal, wenn man sich der Forschung verschrieben hat!" Er warf theatralisch die Hand auf die Brust. „Und wenn die Forschung ruft, müssen wir eilen! Hast Du eine Idee, wo sie sein könnten? Wir müssen auf jeden Fall in ´Theas Buchhandlung`, vielleicht gibt's ja einen neuen interessanten Reisebericht. Und nachher sagen wir der Generalin, dass die beiden eben angerufen haben – wir müssten gleich morgen los fahren. Haha!" Voller Elan stiegen wir ins Auto und planten eifrig unseren nächsten Erholungs- beziehungsweise Forschungsurlaub. „Wie wäre es mit Südafrika? Da gibt es doch auch Wale!" Ich lächelte. Es gab da etwas, was meine Mutter nicht von ihrem Mann und ihrer jüngsten Tochter wusste: Wir beide hatten panische Flugangst, mochten Reisen und Wärme überhaupt nicht – und Ala und Igor hatte Pappchen das letzte Mal während seines Studiums vor 40 Jahren gesehen. Doch im zwei Autostunden entfernten Berlin wartete eine behagliche kleine Wohnung auf uns.

Noch eine Mohnblüte…

Was mich bewegt

Das Schaukelpferd

Eines lang vergangenen Sonntags Abend wurde ich groß ausgeführt – zu Witzigmanns Palazzo, der zu dieser Zeit in Berlin gastierte. Dort wurde neben einem edlen Vier-Gänge-Menü unterhaltsame Abwechslung geboten. Das Programm war so angelegt, dass man sich während des Verzehrs des leckeren Essens nur darauf zu konzentrieren brauchte, was und wie man es aß. (Was unter Beachtung der Etikette zeitweise zum Kraftakt mutieren kann, sollten sich persönlich genutzte Gegenstände zu sehr der Schwerkraft verbunden fühlen.) Während der einzelnen Gänge war neben einer leicht verdaulichen Musik auch ein Luftballon-Künstler an den einzelnen Tischen zugegen und zauberte dort verschiedene Figuren unter seinen Fingern hervor. An unserem Tisch bastelte er ein größeres Schaukelpferd zusammen. Was war ich begeistert!! Es bekam eine silberne Kugelmähne und einen roten Sattel und einen hübsch gebogenen Schweif. Ein absoluter Traum!
Natürlich wollte ich dieses Schaukelpferd adoptieren. Ich sah kein Problem darin, nachts ein 70-cm-Luftballon-Schaukelpferd durch die belebte Stadt zu führen. Ich nicht!
Aber die Traute, sich das Pferdchen einzukrallen und frech am Restaurant-Pförtner vorbei zu tragen, hatte ich nicht. Ich beschwatzte

meinen Begleiter. Der weigerte sich standhaft und wollte einfach nicht daran glauben, dass nur noch das niedliche kleine Pony zu meinem Glück fehlte. Also musste ich wohl selbst in Aktion treten und winkte einem Kellner. Dieser lachte bei meiner Frage, ob das hübsche Luftgebilde auch einfach so mitgenommen werden dürfte, und bejahte. Gut! Dieses Problem war schon einmal aus dem Raum. Der Traum eines jeden Kindes gehörte nicht dem Palazzo und war zum fröhlichen Mitnehmen freigegeben. Sehr schön!

Aber ich bin ja gut erzogen. Möglicherweise hatte ja ein anderer, an unserem Tisch sitzender Gast bereits herzliche Gefühle und Adoptionsgedanken gegenüber dem Schaukelross entwickelt. Ich fragte als nach. Und da war doch tatsächlich ein Mann, der das süßeste aller Pferdchen für seine Tochter mitzunehmen gedachte! Ach was?! Und wie alt wäre denn die Tochter? Schon fünfzehn! Na ja!

Wie alt denn unsere Tochter wäre? Hust. Tochter? Äh, nein, nein. Da hatte der Kollege etwas in den falschen Hals bekommen. Aber warum wollten wir denn sonst das Luftspielzeug? Während wir angeregt in ein unernstes Streit-Gespräch vertieft waren, wer wohl ein größeres Anrecht auf das Luftballon-Spielzeug hätte, kam ein kleines, etwa siebenjähriges Mädchen an unserem Tisch vorbei gelaufen, schnappte sich das Schaukelpferd und lief von dannen.

Wir schauten ihr sämtlich verdattert nach: Woher kam denn jetzt dieses Kind? Hatte es denn kein Zuhause? Und überhaupt: Müsste es nicht um diese Zeit schon längst im Bett sein?!

Nach diesem großen Verlust versuchte ich mich zu trösten: Ach was! Eigentlich war das Ding ja gar nicht so toll. Und wer braucht denn schon einen staubfangenden, platzraubenden, luftgefüllten und unechten Schaukelgaul? Ich nicht!

Wirrungen

Geht man durch die Stadt, wird man sich über kurz oder lang über irgendeinen Mitmenschen ereifern. Das ist nun mal so, wenn man in einer großen Stadt, in einem – nennen wir es wohlwollend – Schmelztiegel der Kulturen lebt. Hier regen sich Autofahrer über Radfahrer auf (und umgekehrt), Bürohelden über Handwerker, Arbeiter über Studenten, Studenten über den unwissenden Rest der Welt, Nichtmütter über Mütter, Mütter über rücksichtslose Mitmenschen (also alle). Schon sind wir beim Thema.

Ist es eigentlich zu fassen, dass Eltern und Nichteltern in so derart fremden Welten leben, dass sie sich gegenseitig beschimpfen müssen? Dass etwas, was Otto Normalbürger maximal als Kavaliersdelikt auslegen würde, von hoffnungsvollen Verantwortungsträgern als Kapitalverbrechen angesehen wird?

Wenn man also die rot beampelte, selten befahrene Straße zwei Sekunden vorm Wechsel zum Grün überquert – ist es da gerechtfertigt, von einer Mutter (deren letzte Hygienemaßnahme auch schon zwei, drei Jahre zurückliegt), deren Kind noch im Kinderwagen liegt und nichts, aber auch gar nichts von seiner Umwelt wahr nimmt, lauthals „einen schönen gesunden Unfalltod" gewünscht zu bekommen?! Ist die Irre sich eigentlich im Klaren, was sie da wünscht?! Das kann man doch wohl kaum mit einem schwankenden Hormonhaushalt, sondern vielmehr einfach nur mit Dummheit erklären, oder?!

Stroh im Kopf?

Ich dachte wirklich, ich wäre erwachsen. Ich würde so etwas Kindisches nicht mehr tun. Das letzte Mal habe ich mich dabei erwischt, als ich noch ein Schulkind war. Und jetzt das!! Da sitze ich lerneifrig am Schreibtisch und grübele über einer Aufgabe und plötzlich muss ich entdecken, dass ich mir mit einer Schere zwischen den Haarsträhnen herumfuhrwerke! Ist das zu fassen?!
Okay, ich hatte auch lange Zeit nicht gerade die Frisur, die Langhaarprobleme überhaupt akut werden ließ. Aber das ist durchaus schon ein paar Jahre her. Und nun packt sie mich wieder, die Faszination am eigenen Haar. Lange Haare sind etwas Wunderbares! Man könnte tausenderlei Frisuren mit ihnen herstellen. ... Wenn man die Zeit, die Lust und die Oberarme (das ist ein absolut verkanntes Problem, denn für aufwändige Frisuren muss man ständig angestrengt die Arme hochhalten!!!) dazu hätte. Dagegen schmiegen sich offene

lange Haare angenehm an den Rücken. ... Und verfilzen fröhlich beim kleinsten Windstoß... Zum Lernen und Konzentrieren eignen sie sich auch wunderbar: Man kann sich eine Haarsträhne schnappen und um den Finger drehen – und sich die Haarsträhne mal genauer ansehen.... Wieso eigentlich jetzt? Wieso ausgerechnet, wenn ich lernen muss? Das Schlimme ist nämlich, dass man mit den Gedanken völlig abdriftet. Das läuft dann ungefähr folgendermaßen ab: Studienfach Nummer 1: Welche Zwecke werden mit der Einführung der Stellenbeschreibung verfolgt? – Darstellung der Aufgaben für den Mitarbeiter, Planung für die Personalbeschaffung, ... Splisskontrolle! Welche Möglichkeiten der Personalbeschaffung habe ich? – Interne und externe... und die wiederum .... Splisskontrolle!

Probieren wir es mit dem anderen Studienfach: Entwickeln Sie eine Charakterskizze für eine beliebige Figur! – Hm... Wen nehme ich? Splisskontrolle!

Und während ich vor mich hin kontrolliere und schnibbel und auch mal kurz die Antwort umkreise, ziehen meine Gedanken weiter. Sollte ich meinen Vater mal charakterlich analysieren – oder meine Mutter? Oder wäre das irgendwie blöd? Apropos, ich muss unbedingt nachher noch die Sachen raussuchen, die ich mir von ihnen ausgeborgt hatte. Aber vorher muss ich noch .... Das ist doch die absolute Lernvereitelungstaktik!!! Will mir mein Unterbewusstsein sagen, dass es jetzt gerade absolut gar nicht lernen will? Und selbst wenn, kann ich Rücksicht auf mein Unterbewusstsein nehmen? Nein! Ist ja wohl klar!

Und während ich mit meinem Unterbewusstsein schimpfe, bekomme ich vor lauter Haare beobachten einen steifen Nacken. Toll, jetzt kann ich ja nirgendwo anders mehr hinschauen als auf meine Haare! Na gut… Ich ergebe mich in mein Schicksal und philosophiere weiter. Das Schwierige am Charakterisieren einer nahe stehenden oder bekannten Person ist, dass die sich auf den Schlips getreten fühlen könnte. Von wegen Persönlichkeitsrechte und so… Andererseits sind ja diese Personen nur erste Anhaltspunkte für eine fiktive und ganz eigenständige Figur – ich streiche ein paar Eigenschaften besonders hervor, überzeichne sozusagen. Und dichte noch ein paar andere Eigenschaften hinzu. Und schon habe ich kein wirkliche, sondern eine fiktive Person. Wobei natürlich manche Menschen interessantere charakteristische Merkmale haben als andere und einer Überzeichnung beinahe nicht mehr bedürfen. Gerade im Berufsleben tauchen solche Personen gerne auf. Neulich hat mir eine Freundin von einer Arbeitskollegin erzählt, deren einzige Lebensfreude es ist, anderen das Gefühl zu vermitteln, wichtig zu sein – und dabei in Wirklichkeit nichts zu tun. Wieso eigentlich habe ich das Gefühl, dass jeder Mensch einen Arbeitskollegen hat, der die Chefs zum Narren hält, sich aber den Kollegen gegenüber absolut unmöglich benimmt? Kann man da als Personalerin noch irgendetwas machen? Wie lernt man Menschenkenntnis? Wie kann man Blender erkennen? Und wie kann man überhaupt einen Betrieb am Laufen halten mit dem schwierigen, nicht wirklich berechenbaren „Humankapital"? Ich muss unbedingt mehr dazu lesen! Mühsam massiere ich mir den steifen Nacken weg und lese weiter im Personal-Lernheft.

Die Erkenntnis ist greifbar: In Wirklichkeit ist meine Lernvereitelungs-taktik gar keine. Im Gegenteil: Ich bin kreativ am Nachdenken! Und dabei ergänzen sich meine beiden Studienfächer ganz wunderbar. Wer hätte das gedacht?!

Die Rennschnecke

Ich liebe es, zu laufen. Pflasterwege, geteerte Straßen, matschige Parkwege, alles meins. Hauptsache, ich bewege mich an der Berliner Luft und kann meinen Gedanken nachhängen. Spazierengehen macht frei. Auch meine Mitmenschen animiere ich zum „Rausgehen". Doch wenn ich mit Freunden langsam daher schleiche, fragen sie mich allen Ernstes, ob ich schon wieder „Jachtwurst" gegessen hätte. Früher war ich die schnellste Fußgängerin Berlins. Ich war vorne. Die ungekrönte Königin der Straßen. Weil ich es hasste, vor mir Leute schlendern zu sehen. Ich hatte es immer eilig. Aufträge, Einkäufe, alles erledigte ich innerhalb kürzester Zeit. Obwohl ich zu Fuß ging. Wie gesagt: Früher.

Dann folgten zwei trainingsfreie Jahre, in denen ich eher andere Autos als andere Fußgänger abhängte.

Seit anderthalb Wochen bin ich wieder als Fußgängerin unterwegs. In Erinnerung an frühere Zeiten nehme ich in der U-Bahn das letzte

Abteil und die letzte Tür, stehe als erste an dieser, drücke den Knopf, stürze raus, sobald die Tür sich nur einen Spalt öffnet, stürme zur Hintertreppe und jage diese hoch. Bis dahin bin ich spitze.

Dann rase ich weiter über die Straße und rauf auf den Fußgängerweg. Und habe auf einmal etliche Verfolger im Nacken. Dieses energische Tapptapptapp hinter mir macht mich aggressiv. Ich lege noch einen Zahn zu. Doch die Hacken-Schuh-Frau kommt näher. Mit langen Beinen und schnellen Schritten zieht sie an mir vorbei. Ich versuche noch eine Sekunde lang mitzuhalten. Aber ich komme nicht gegen sie an. Ich falle zurück und sende ihrem Rücken böse Blicke zu. Der nächste Mann überholt mich unbemerkt von links. Schweinerei! Ich verdoppele meine Kräfte und meine Schritte, aber auch hier habe ich keine Chance. Weg ist er. So nach und nach werde ich von etlichen Fußgängern überholt. Obwohl ich doch immer noch genauso viel Energie fürs Laufen aufwende wie früher. Oder? Entweder ist Berlin mitsamt seinen Fußgängern noch hektischer oder ich bin langsamer geworden. Ich befürworte Punkt eins. Ich kann gar nicht langsamer geworden sein. Okay, okay, auch sporttechnisch bin ich etwas eingerostet. Aber! …

Sicherheitshalber bin ich gestern nach der langen Winterpause wieder joggen gegangen und habe meine Mußkellen malträtiert. Heute Morgen wurde ich zum Dank dafür noch schneller überholt als in den Tagen zuvor. Ein Blick in eine lange Schaufensterfront offenbarte: Langsam und mit hängender Zunge hetzte ich chancenlos hinter den anderen her. Eine Rennschnecke unter den Schnecken.

Unterwegs

Ob man gerne oder weniger gerne mit den Öffentlichen fährt, ist tagesformabhängig. Auf der einen Seite erlebt man viele interessante Begebenheiten, gerät in abstruse Situationen und sieht schräge Menschen. Man kann heimlich fremde Gespräche belauschen, sich seinen Teil zur neuesten Mode denken und eine Geschichte ausspinnen, warum sich jener Mensch dort ausgerechnet so verhält. Auf der anderen Seite gibt es eben auch unangenehme Effekte: zum Beispiel mindestens einen Menschen, der Knoblauch gegessen hat, mindestens einen, der morgendliches Zähneputzen für überflüssig hält, und zwei, die eine Alkoholfahne haben – pro Abteil. Dazu kommen noch die ewig drängelnde, schlechtgelaunte Menschenmasse an sich. Zusätzlich zu diesen Ärgernissen sind die Öffentlichen absolute Virenschleudern – pro Waggon schniefen stets mindestens fünf Personen vor sich her.

Die Laune schwankt also jeden Morgen, sobald man sich der BVG ausliefert. Und zum Pessimisten kann man werden, wenn Schienenersatzverkehr angekündigt wird. Für eine ganze Woche!!!

Der Montag nahte mit Grauen. Lustlos schleppte ich mich zur Ersatzhaltestelle. Allein die Vorstellung, dass EIN Bus eine ganze Tramladung fassen sollte, ließ die Halsschlagader schwellen. Doch es war leerer als gedacht und die Busse fuhren häufiger als der Straßenbahn-Plan vorgab. Außerdem war die Strecke, die der Bus zurücklegte, vergleichsweise kurz. Trotzdem kam ich völlig durchgeschaukelt an und hatte zwischenzeitlich einige Bekanntschaften geschlossen („Entschuldigung für meinen Absatz in Ihrem Fuß, aber die harte Bremsung....").

Kaum, dass der Bus seine letzte schwungvolle Bremsung vollführte, strömten die Menschen auch schon aus diesem als ob in der Nähe eine einmalige Verschenkaktion für fünf Sekunden angesetzt worden sei. Der Grund: die Bahn stand bereits an der Haltestelle! Da wurden Ampel und fahrende Autos missachtet, Mitbürger über den Haufen gerannt, andere aus dem Weg gerempelt... Die Passagiere hatten nur ein Ziel: einen der begehrten Sitzplätze bekommen. Und so schubsten und drängelten sie aggressiv ... in das erste Abteil hinein.

Die Bahn hatte ausnahmsweise zwei Wagen angekoppelt. Ich schlenderte gemütlich am ersten Abteil mit seinen sich übereinander stapelnden Sitzplatzbewerbern vorbei hinein ins zweite und setzte mich auf einen der vielen leeren Plätze. So weit, so gut. Bis zur Wechselstation bekam ich „nur" einen Rucksack ins Gesicht gedrückt und hatte ansonsten meine gute Laune fast schon wiedergefunden. Fast!!!

Scheinbar war dies der internationale Tag der Schubserei. Unfassbar, wie sich Menschen um etwas wie Sitzplätze klopfen können. Wahrscheinlich ist das ein Überbleibsel aus Urzeiten – um irgendetwas kämpfte der Mensch damals ja immer. Und der moderne Großstadtmensch kämpft eben um Sitzplätze und darum, wer der Schnellste auf dem Weg nach draußen ist.

Als ich leicht genervt in die U-Bahn stieg und einen Sitzplatz anpeilte, wurde ich Zeugin einer heroischen Tat. Jemand steuerte diesen Sitzplatz zeitgleich mit mir an, doch als wir beide aufeinander prallten und zurückwichen, wurde mir nachdrücklich der Platz angeboten. Ich gehe selbstverständlich davon aus, dass er einfach nur nett sein und seine gute Tat des Tages erledigen wollte. (Andere Gründe werden kategorisch ausgeschlossen!)

Haaaach, es gibt doch noch gute Menschen!

Strauch-Eibisch

Fiese Fallen

Endlich! Arbeitsfreier Samstag! Endlich kann ich mal wieder mit meiner zweiten Hälfte einkaufen gehen!! Juchhu! ... Die zweite Hälfte ist weniger begeistert, aber ich habe ein schlagendes Argument: Wir gehen ja schließlich nicht für mich einkaufen, sondern wollen seinen Schrank mal ein bisschen auf Vordermann bringen. Das Argument schlägt tatsächlich ein. (Oder ist es eher der Gedanke: „Sie gibt ja doch keine Ruhe."? Ich will mal lieber ersteres denken...) Ich halte mich auch brav zurück. Momentan ist mir sowieso nicht so nach neuen Kleidern. Die alten sind schon gemein genug zu mir, da muss ich mich nicht auch noch einem Umkleidekabinenspiegel aussetzen. Es springt sage und schreibe ein T-Shirt für den Beau dabei raus. Na immerhin. Und weil zum Einkaufen immer der Besuch der Kaffeebar oder des Eisladens gehört und das dicke, fette, sahnige Eis just in dieser Übergangsjahreszeit zwischen dickverpacktem Winter und Stofffetzchen-Sommer – wie bei jeder Frau zwischen 25 und 70 – ganz furchtbar verboten ist, wird die Kaffeebar angestrebt. Wir bestellen Moccacchino. Böööööse Falle!! Ja, er ist superlecker!!! Nein, er ist eben nicht figurfreundlicher als Eis!! Die Dame am Tresen meint es nämlich sehr gut mit ihren Mitmenschen und sprüht auf das Tröpfchen koffeinhaltiger Flüssigkeit noch einen riiiieesigen Schwung Schokosahne mit extra Schokospritzern. Da heißt es dann Augen zu und durchgeschlemmt. Und besser nicht an den Kleiderschrank mit den immer weniger werdenden passenden Sachen denken...

Notfall-versicherte Frauenbeine

Strumpfhosen stehen auf Kriegsfuß mit mir. Nicht ich mit ihnen! Als schmückende und zeitweise wärmende Beinbekleidung kann ich diesem feinmaschigen Hauch von Stoff durchaus etwas abgewinnen. Zu Röcken und Kleidern gehören Strumpfhosen unbedingt dazu. Leider habe ich einen unglaublichen Verschleiß. Das geht, wenn man nicht irgendwelche Strumpfhosen, sondern nur die tragen mag, weil nur die so einen angenehmen Glanz und Tragekomfort haben, so richtig ans Ersparte. Eigentlich bräuchte ich einen eigenen Drogerie-markt mit großer Strumpfabteilung in meinem Haus – oder noch besser: einen kostenlosen Rund-um-die-Uhr-Lieferservice. Nein, noch viel besser wäre eine eigene Kammer von oben bis unten mit Strumpfhosen gefüllt. Ich übertreibe?! Nicht im Geringsten!!
Wenn man bzw. frau nicht schon gleich bei der Entnahme aus der Verpackung einen Faden am Strumpf hinterlässt (Frauen sind viel scharfkantiger als allgemein vermutet), dann lauert die nächste Ge-fahr beim Anziehen. Die Dinger sind in der eigenen Größe IMMER zu klein, und so zuppelt und zerrt man vorsichtig am Stöffchen, um dem elastischen Zeug noch ein paar Zentimeter nach oben abzugewin-nen. Und wenn frau sich nach minutenlanger Anstrengung schon fast am Ziel wähnt, macht es „Ratsch!" Dieses Geräusch hat eine kurzzei-tige tiefe Erschütterung des Seelenfriedens zur Folge. Neuer Ver-such: neue Verpackung, neues Stretchen und Verrenken. Irgend-wann hat die weise Frau von heute dann zumindest schon mal ver-

standen, dass sie ihren Beinschmuck auf jeden Fall zwei Nummern größer kaufen muss.

So weit, so schön. Aber damit sind natürlich längst nicht alle Probleme beseitigt. Das Anziehen ist zwar schon leichter, aber noch nicht gefahrlos. Immerhin ist die Chance größer, dass frau bis zum Schuhanziehen und vorm-Spiegel-Drehen kommt. Und wenn sie dann voller Glück noch einen kleinen Gang über den Runway improvisiert, kommt dem einen Fuß garantiert der andere Absatz zu nahe. Der auch ganz schön scharfkantig ist… „Ritsch!" macht es, und die Masche rast mikrosekundenschnell das Bein hoch – und frau zum Vorratsfach mit der eiskalten Angst im Nacken, dort womöglich kein weiteres Paar unzerstörter Strümpfe zu finden. Sie findet aber doch. Eine glanzlose, farblich sehr unnatürliche Notfall-Notfallstrumpfhose (die, die sie mal im Zustand geistiger Umnachtung gekauft hat und eigentlich nie, nie anziehen wollte). Muss reichen. Wenig später shoppt sie die Strumpfhosenabteilung des naheliegenden Supermarkts leer. Reicht vielleicht für eine Woche…

Hat frau das Gefühl, dass endlich einmal alles glatt läuft (Haha! Was für eine gemeine Redewendung!), sollte sie sich dennoch vor dem Verlassen der Wohnung kurz präsentieren. Denn sollte „der aufmerksame Freund!" (O-Ton aufmerksamer Freund), während er einen genussvollen Blick auf die Beine wirft, eine Laufmasche entdecken, könnte frau sich noch schnell in den gemütlichen Hosenanzug stürzen. Aber nein, wir halten durch!! Indianer kennen angeblich keinen Schmerz und Frauen zeigen niemals ihre Angst vor Laufmaschen!

Sie packen nur sicherheitshalber zwei Notfallexemplare und den durchsichtigen Nagellack ein sowie Bräunungscreme für den Fall, dass gar nichts mehr geht. Und da wundern sich die Männer über die großen Frauenhandtaschen! Ihr lieben kopfschüttelnden Herren, bitte macht Euch klar: Das war jetzt nur der Inhalt für die Beinnotfälle! Wie Ihr bestimmt schon aus eigener Anschauung wisst: Es gibt noch zig andere Notfälle!!!

Grrr!

Da gibt es Typen, die meinen, sie wären die Krönung der Schöpfung. Mag ja sein, dass ihnen gewisse Buchreligionen zustimmen, aber gesellschaftlich sind wir schon weiter. Und somit gibt es keinen Grund, sich breitbeinig hinzusetzen und dabei den Platz der Sitznachbarin einzuschränken! Wobei, einschränken trifft es nicht ganz. Einnehmen wäre passender. Ich bin von dieser Kontaktfreude angewidert und lasse das Comicbild von einem Mann fiktiv zu Worte kommen:

„Eines will ich Macho mal festgehalten haben: Wer kann so einem Mann wie mir schon widerstehen? Und wenn ja, wer ist diese Püppi überhaupt? Hat doch allein aufgrund ihres Geschlechts schon mal nichts zu melden! Und was liest die da für´n Stuss? Wer braucht das schon? Kann ich ja noch nicht mal! Ey, Kumpel ganz hinten am Ende des Abteils, hilf mir mal, hier klar zu machen, dass ich der Größte bin, Alter!"

Baumblüte

Filmausleihe mit Folgen

Eigentlich hätten wir es nicht nötig, zur Videothek zu gehen. Schließlich habe ich bereits vor Jahren den Grundstein für eine mittlerweile recht ansehnliche Sammlung gelegt. Wir könnten unsere Abendgestaltung also aus dem eigenen Fundus betreiben. Tun wir aber nicht. Jedenfalls nicht immer. Ich habe irgendwann einmal eine Kosten-Nutzenrechnung aufgestellt und eingesehen, dass der Kauf von DVDs bzw. Blurays eher größeren Ereignissen wie z. B. Geburtstagen vorbehalten bleiben und nicht alltäglich werden sollte. In der Folge sind wir filmtechnisch einfach nicht mehr up to date! Also heißt es ab und an: Lass uns doch mal zur Videothek gehen!

Wir gehören zu den kompromissbereiten Pärchen. Rein grundsätzlich haben wir eine stillschweigende Übereinkunft getroffen, dass wir zwei Filme ausleihen: ein Film bedient das Sehverhalten des Mannes und einer das der Frau. Das war mal so gedacht, dass ich, sagen wir mal, dem Charme schöngeistiger Verfilmungen erliege und mein Beau den actionbeladenen Filmen den Vorzug gibt. (Es gibt aber noch die Rubrik „Romantische, kitschige Frauenfilme", die ich ihm wirklich nicht antue und lieber mit Freundinnen zusammen sehe.) So haben wir dann z.B. „Crank" und danach „Ein Königreich für ein Lama" gesehen. (Keine Frage, wo ich mich mehr ausgeschüttet habe, oder?! Aha, aha, aha!!!) Aus irgendwelchen Gründen ist meine andere Hälfte allerdings nicht so entscheidungsfreudig und so treffe mittlerweile meist ich die Auswahl – einen für den Herrn und einen für die Dame der Schöpfung. (Wenn die Auswahl ein Reinfall war, kann die ganze Schuld dann wenigstens auf mich geschoben werden.)

Erwähnte ich schon meine Vorliebe für Zeichentrickfilme? Keine Ahnung, warum, aber sie sind genau richtig für ein Seelchen wie mich. Blutrünstige, actionreiche oder psychothrillernde Filme lassen mich zwar nicht kalt, aber erwärmt bin ich auch nicht gerade. Lauwarmes Interesse zeige ich bei gut gemachten Streifen wie „Verblendung". Bei Zeichentrickfilmen dagegen fiebere ich mit! Ich lache, jauchze und hüpfe oder bin gemeinsam mit den Helden unglücklich. Was hab ich nicht schon Tränen vergossen bei einem wunderbaren Film wie „Oben"! Mein Beau schüttet sich aus vor Lachen, wenn er mich bei meinem Filmkonsum beobachtet.

Auch gestern sahen wir zuerst einen Krimi und danach wieder einen Zeichentrickfilm. Und während ich heute Morgen den Inhalt des ersten Filmes schon fast vergessen habe, bin ich wegen des zweiten Filmes noch immer traurig. Was scheren mich die Todesumstände des Opfers im Krimi?! „Küss den Frosch" war wirklich tragisch! Rotz und Wasser habe ich geheult! Drei Taschentücher voll geschnieft!! Einem mittelgroßen Wasserfall Konkurrenz gemacht!!! … als das Glühwürmchen gestorben ist.

Männer und Frauen

Jeder meint, die großen und kleinen Unterschiede zu kennen. Viele werden jetzt „Ja, ja, ja!" rufen, wenn sie mitbekommen, dass diese Geschichte das Autofahren zum Thema hat. Hier liegen scheinbar unüberwindbare Unterschiede zwischen den Geschlechtern. Junge Männer fahren kaltblütiger, exakter und können Abstände und Entfernungen besser einschätzen. Frauen jeder Altersgruppe fahren gefühlsbetont, haben aber überhaupt kein Verhältnis zu Distanzen und sind zusätzlich häufig noch nachtblind. Dafür fahren sie meist vorsichtiger oder sagen wir lebensbejahender. Diese Unterschiede sind schon wissenschaftlich erwiesen. Dennoch hat jeder Mann in seinem Leben mindestens schon hundertmal über ein vor ihm fahrendes Auto gestöhnt und vermutet, dass da wohl eine Frau am Steuer säße (obwohl die Frauen bei diesem Gestöhne mittlerweile gut mitmischen). Dabei sind die größten Probleme für eine Frau nicht die, die während der Fahrt auftauchen, sondern die, die am Ende auf sie warten. Einparken. Erst einmal muss sie einschätzen, ob sie überhaupt in die vorhandene Parklücke passt. Und vertut sich dabei fast immer. Dann schlägt sie beim Zurücksetzen grundsätzlich zu früh oder zu spät ein. Die Folge ist ein mindestens fünfminütiges Fitnessprogramm für die Frau, bei dem sie wild hin und zurück kurbelt, bis sie dann irgendwann relativ gut in der Lücke steht. Am Ende sieht trotzdem jeder, dass da eine Frau eingeparkt hat, aber: Eingeparkt ist eingeparkt! Und die Herren der Schöpfung schütteln den Kopf über so viel Unkönnen.

Eine fiktive Person, nennen wir sie Anna, kannte alle diese schlechten Voraussetzungen, als sie zum ersten Mal ihren Freund chauffierte. Und sie nutzte auch gleich die erste Gelegenheit ihn anzufauchen, als er anfing, mitzubremsen, sich festzuhalten und „Oh Mann" zu murmeln. Was Männer nämlich nie begreifen werden, ist, dass es Frauen grundsätzlich sehr nervös macht, wenn Männer sich über ihre Fahrweise mokieren. Und eine nervöse Frau fährt deutlich schlechter als eine selbstbewusst fahrende Frau.

Dennoch ist sie sehr darauf bedacht, dass ihr Freund glaubt, sie sei eine gute Autofahrerin. So konnte sie sich noch gut erinnern, dass dieser sich über Autofahrer beschwerte, die auf der Tankstelle immer nur die Zapfsäule anfuhren, auf deren Seite ihr Tankloch war – und sich dadurch mitunter ellenlange Schlange an der einen Säule bildeten, während eine andere leer war. Als sie nun tanken fuhr, nutzte sie die einzig freie linke Säule, obwohl ihr Tankdeckel auf der rechten Seite war. Fröhlich stieg sie aus, ließ ihren Freund im Auto zurück und zog am Zapfhahn. Diesen in der Hand strebte sie auf ihren Deckel zu und schnellte beinahe zurück, als sich der Schlauch als zu kurz erwies. Sie überlegte kurz, ob sie noch so richtig mit Macht und Gewalt an dem Schlauch ziehen sollte. Aber sie war leicht tollpatschig veranlagt und wollte verhindern, dass sie womöglich die gesamte Zapfsäule in Schutt und Asche legte. Also stieg sie peinlich berührt ins Auto ein und klagte ihr Leid. Der Freund schlug vor, dass sie ja wieder losfahren könne und sich erneut – diesmal aber an die richtige Zapfsäule anstellen könne. Dabei bedachte er nicht, dass Frauen aber nicht mehr loslassen, was sie einmal haben. So kurbelte Anna also hochnervös vor, zurück, zur Seite ran, bis der Schlauch bis zum Tankloch reichen musste. Allerdings konnte sie nicht mehr aus ihrer Fahrertür aussteigen. Sie scheuchte also ihren Freund zum Tank und kletterte sodann mit hochrotem Kopf zum Beifahrersitz und aus der Tür, schnappte sich ihr Portemonnaie, schlug vor, dass er doch auch bitte gleich noch das Auto wegfahren könne und flüchtete in den Tankshop, um von dort aus zu verfolgen, wie ihr Auto betankt und weggefahren wurde.

Über diese Geschichte haben wir Frauen uns im Freundeskreis köstlich amüsiert, da wir uns ja in die Freundin hineinversetzen konnten. Und lachten die Männer an irgendeiner Stelle der Geschichte? Nein, sie litten nur mit dem armen Mann, der es mit einer solchen Frau zu tun bekommen hat. Auch wissenschaftlich erwiesen. Frauen leiden mit Frauen, Männer mit Männern und beide stöhnen über das andere Geschlecht, während das angeblich schwache darauf hofft, dass die Liebe des Mannes stärker ist als der Ärger über ihre Fahrweise. Dieses Sozialverhalten könnt Ihr gerne mal mithilfe dieser Geschichte nachweisen.

Auch typisch

Das Handy klirrt mitten in der Nacht. Augenblicklich bin ich hellwach und rufe: „Das Baby ist da!" (Als Spaghettilocke Holmes ist mir natürlich klar, dass eine nächtliche SMS nur eines bedeuten kann.) Ich greife zum Handy und lese. „Es stimmt. Er ist daaaa!" Aus dem Nachbarbett kommt ein unbestimmtes Grummeln und Ruscheln. Fröhlich schnattere ich auf seinen Rücken ein: „Ich hab doch gewusst, dass er am 17. kommt. Das ist ein ganz tolles Datum, nicht wahr?! Ohh, ist er groß und schwer! Meine Güte. Na, das haben wir ja vermutet, dass er nicht gerade der kleinste werden wird. Schließlich hat er ja große Eltern…." So geht das noch eine Weile. Irgendwann schlafe ich selig ein.

Als ich ihn am nächsten Morgen frage, ob er denn noch wisse, wie schwer der Kleine sei, gibt er zu, dass er nur noch mitbekommen habe, dass das Baby meiner Freundin geboren sei. Danach sei er gleich wieder eingeschlafen.

Das ist auch wieder total typisch. Frauen sprudeln vor lauter Freude über und fühlen mit der Freundin. Wollen alles wissen, finden alles toll und mitfühlenswert.

Männer?

Männer interessiert nur eines (nach der Frage „Ist es meines?"): ob es da ist. Wie schwer und groß es ist, ist ihnen egal. Denn sie wissen nicht, dass wir Frauen daraus die Informationen ziehen, wie schwer es unsere Freundin bei der Geburt gehabt hat. Und wie viel Kraft das Kind für die ersten Lebenstage hat. Mein Beau hat vorher gar nicht gewusst, warum uns das so interessiert. Jetzt ist er da schon etwas offener. Bereitwillig lässt er sich alles erzählen (um es danach gleich wieder zu vergessen, aber immerhin!). Mir wurde zugetragen, dass das bei allen Herren so sei, und sich erst beim eigenen Kind ändert. Dann sind diese Daten dagegen auf einmal äußerst wichtig. Na dann.

Baumblüte

Schadenfreude, schönste Freude

Als fleißige Nutzerin des Öffentlichen Nahverkehrs erlebe ich natürlich tagtäglich Ungewöhnliches, Schönes oder Ärgerliches. Mir begegnen viele merkwürdige Gestalten - man könnte häufig auf den Gedanken kommen, dass in Berlin mehr Irre und Verrückte als „normale" Menschen leben. Ich habe einen Mann mit gezücktem gezacktem Säbel und heftige Beziehungskriege überlebt, nach Exhibitionisten-Attacken meinen Herzschlag wieder nach unten reguliert, ich habe ungläubig den Münchhausen-Erzählungen meiner Mitfahrer oder den sich im Minuten-Takt abwechselnden Bittnuscheleien der Obdachlosen gelauscht, habe Hunde dabei beobachtet, wie sie an den Hintern fremder Frauen schnüffelten, während ihre Herrchen das ihren Blicken nach zu urteilen liebend gerne selbst getan hätten.

Nun aber drängt es mich, mir in einer ärgerlichen Angelegenheit Luft zu verschaffen. Ich bin regelmäßig dabei, mich über bestimmte Fahrradfahrer aufzuregen. Diese haben Fahrräder nämlich nicht, um damit durch die Stadt zu fahren. Nein, sie haben sie, um sie spazieren zu führen, auch gerne und häufig mit der S-Bahn. Wäre alles gar kein Problem für mich, wenn sie nicht ihre Fahrräder immer in die Eingänge anstatt an den dafür vorgesehenen Stangen im Fahrradabteil abstellen würden. (Ja, da sitzen immer Passagiere und da ist nie Platz, weiß ich alles. Aber!) Just an den mich betreffenden Bahnhöfen hält die Bahn auf der anderen Seite als bei anderen Haltestellen.

Und die Fahrradfahrer sitzen unerkannt entfernt von ihren Vehikeln und sind für mich nicht zu identifizieren. Selten stehen sie direkt neben ihrem Fahrrad. Und ich oute mich als uncool und unentspannt, wenn ich sie kurz vor der Einfahrt in den Bahnhof höflich frage, ob sie mir, da ich wahnsinnig gerne jetzt hier auf dieser Seite aussteigen würde wollen, nicht das Fahrrad aus dem Weg räumen könnten. Das hat mir schon mehrere Kommentare und böse Blicke eingebracht. Von Mal zu Mal werde ich grantiger, wenn ich bloß ein Fahrrad im Eingang stehen sehe. Es ist nun mal auch äußerst unentspannend, wenn man sich bereits Stationen vor dem Zielbahnhof in die gerade mal leer gewordene Tür schmeißen muss, um nachher überhaupt rechtzeitig raus zu kommen und nicht durch den langen Zug auf der Suche nach einem freien Ausgang rennen zu müssen. Und selbst das fruchtet nicht. Fahrrad-Spazierführer haben scheinbar ein sehr dickes Fell. Sie stellen ihr Fahrrad trotzdem dahin, wo man steht und drängeln einfach so lange, bis man, weil man nicht schmutzig werden will, freiwillig den Platz räumt. Somit liegt also bereits morgens ein gewisses Aggressionspotential in der Luft.

Eines Morgens joggte ich gerade wieder einmal leicht angesäuert den Bahnsteig Richtung Ausgang entlang, als der Zugführer alle Türen aufmachte und sämtliche dort abgestellten Fahrräder um- und auf den Bahnsteig fielen. Was ein hektisches, eindeutig uncooles, unentspanntes Aufspringen der Besitzer zur Folge hatte und auf mein Gesicht ein nicht zu übersehendes hämisches Grinsen zauberte.

Danke diesem Zugführer!

Sommer oder Das blau-gelbe Gummiboot

Der heutige Tag erinnert mich an ein Wochenende im Sommer 2003. Es war heiß. Sehr heiß. So heiß, dass die Berliner Bevölkerung nur noch eines machte: Nichts. Denn dies war die einzige Tätigkeit, bei der sie nicht Gefahr lief, einem Kreislaufkollaps oder der völligen Erschöpfung anheim zu fallen. Das traf auf alle zu. Alle, bis auf mich. Voller Energie und Tatendrang sprang ich durch den elterlichen Garten, in der Hoffnung auf Spaß, Erholung, Unterhaltung. Doch selbst die sonst rührigen Eltern lungerten nur herum. Sämtliche Animationsversuche meinerseits zauberten allenfalls ein träges, gequältes Lächeln auf ihre Lippen.

Also suchte ich unsere Gartennachbarn heim und nutzte die Gelegenheit für ein belebendes Bad in den Fluten des Spree-Kanals. Ein fataler Fehler!

Prompt verfiel ich auf den Gedanken, Boot fahren zu müssen. Doch woher nehmen? Die Bekannten hatten nur ein Motorboot, ich aber keinen Motorboot-Führerschein. Und meine Eltern? Fehlanzeige. Bei den nächsten Gartennachbarn fand meine Suche ein glückliches Ende. Sie hatten ein Schlauchboot!! Ein blau-gelbes Gummiboot.

Während ich mich im heimischen Garten mit lebensnotwendigen Utensilien (Bikini, Handtuch, Sonnencreme, Sonnenbrille, Wasserflasche) eindeckte, wurde das Boot von seinen Besitzern mit etlichen Kissen und Handtüchern ausgestattet. Als ich wieder bei ihnen erschien, ähnelte es einem schwimmenden Sofa. Einem Wohlfühl-Kuschel-Ausflug stand nichts mehr entgegen!

Mit ganzer Kraft legte ich mich alsdann in die Riemen, musste aber schnell einsehen, dass die ungewohnte Bewegung mir einiges abverlangte. Ich bewegte mich zwar nicht im Kreis, aber eindeutig unkoordiniert. So beschloss ich, in den ruhigen Kanälen von Neu Venedig zu üben. Also platschte ich schnell in Richtung rettende Einfahrt, die nur wenige Meter weiter vom Kanal abging. Dort angekommen, ließ ich die Paddel Paddel sein und massierte meine schmerzenden Arme. Einige Erholminuten später fühlte ich mich bereit für weitere Koordinationsübungen. Doch meine Paddel waren mittlerweile eine innige Beziehung mit den Seerosen eingegangen. Nach kurzem hektischem Kampf reiste ich siegreich weiter. Und hatte plötzlich den Dreh raus! Mit neuem Selbstbewusstsein ausgestattet, trieb es mich aus den kleinen Kanälen.

Die Mittagspause war vorüber. Der Motorbootverkehr hatte wieder stark zugenommen. Todesmutig schob ich mich am rechten Rand des Gewässers entlang und redete mir Mut zu: „Immer die mit dem Motor müssen ausweichen!" Das taten sie auch. Und während mich die Leute überholten, lachten sie mich sämtlich an. Ich lächelte beseelt und total easy zurück. Ich stutzte. Warum grinsten die Männer so komisch? War der Bikini verrutscht? Nö. Komisch. Mir fiel nichts ein, was irgendwie ungewöhnlich wirken konnte. Versteh einer diese Typen, dachte ich, und platschte trotzig weiter. Abrupt machten mich große Wellen manövrierunfähig. Ich war hilflos. Dämliches Schlauchboot! Dümpelte wie ein Korken auf den Wellen herum. Nach 100 Metern hilflosen Geschaukels und optimistischen Lächelns gab ich auf. Und wollte auf der Gegenseite zurückrudern. Dazu musste ich einmal durch dieses heimtückische Wasser mit den noch viel heimtückischeren Motorbooten. Mir war beklommen zumute. Dennoch begab ich mich quer zur Flussrichtung in Startposition und hetzte mit fliegenden Paddeln über den Kanal – Obelix war nichts gegen mich! Nach einigem Wellenschaukeln langte ich dann wieder am Kanaleingang an und musste erneut den Kanal überqueren. Als ich mich für kommende Taten sammelte und eine Pause zwischen den Motorbooten abwartete, grinsten die Insassen der Boote – vornehmlich Männer – wieder so komisch. Ein weiterer Bodycheck brachte keine Aufklärung: Bauchmuskeln schön angespannt, Rücken gerade, Brust raus, Bauch rein – war doch alles in Ordnung!? Was hatten die nur?

Die aus meinem Ärger über unsinniges Männergegrinse entstandene Energie legte ich sodann um und erreichte die rettenden Kanäle ohne Zwischenfälle. Ab sofort konnte ich wieder entspannt vor mich hin platschen.

Auf einem der Grundstücke, an denen ich vorbei fuhr, stand ein machistisch-sportiver Anhänger der Freikörperkultur älteren Semesters und rief mir zu: „Ja, so ein kleiner Ausflug ohne antreibenden Mann ist mal ganz erholsam, wie?!" Er grinste mich an wie seine Geschlechtsgenossen es zuvor taten. Ob des Anblicks und der Aussage wurde mir ganz schwindelig. Mit einem Mal sah ich mich durch seine Augen: Ein blau-gelbes Gummiboot dümpelte an ihm vorüber. Darin thronte auf etlichen Kissen ein kleines blondes Frauchen im hübschen Bikini, die glücklich lächelnd zu paddeln versuchte.

Nun war mir alles klar. Ich hätte mich auch blöd angegrinst, wenn ich mich so gesehen hätte. Entschlossen nahm ich mir vor, mir für nächste Ausflüge einen professionelleren Anstrich zu geben. Kanu? Chauffeur? Hm. Das bedurfte einer Besprechung ... Meine Geschichte berührte meine Eltern später so sehr, dass sie sich augenblicklich ein eigenes Schlauchboot (knallrot) und einen 5-PS-Motor zulegten. Deutlich weniger peinlich! Ab sofort sang ich: „Sie hat ein knall!rotes Gummiboot, in diesem Gummiboot fährt sie hinaus!" Aber immerhin mit Motor...

Problemzone? Welche Problemzone?!

Himmel! Ich sitze hier an meinem Schreibtisch und fische die Joghurtsplits aus dem Müsli. Wer hat denn bloß behauptet, die allergrößte weibliche Problemzone sei der Mann?! Das stimmt definitiv nicht! Es gibt eine viel schlimmere Zone. Müsste glatt zur Sperrzone erklärt werden! Das ist die Zone, in der sich der Spiegel befindet – und die Waage. Böse Zone! Ich kenne keine Frau, die nicht schon einmal eine Diät gemacht hat. Ich selbst befinde mich seit meinem 13. Lebensjahr in dieser Diätphase. Und während ich früher ständig gejammert habe, ich sei zu dick und müsse dringend abnehmen, lache ich mein damaliges, klapperdürres Ich heute aus. Albern! Ich kann beinahe meine damaligen Freunde verstehen, die mich nicht zu Worte kommen ließen, wenn ich bei Diätfragen mitreden wollte. Nun ja, das gab diversen Freundschaften definitiv einen Knacks. Ich fühlte mich unglaublich unverstanden. Ich hatte allerdings auch das Pech/Glück, noch gerippig auszusehen, wenn ich bereits fünf Kilo zugenommen hatte. Hat mir nie einer geglaubt. Erst jetzt, mit deutlich noch mehr Kilos auf den Rippen, stoße ich auf Verständnis – allerdings sehr unwillkommenes. Ich will gar nicht so dick sein wie ich schwer bin. Nein! Und es tröstet mich überhaupt nicht, wenn liebe Mitmenschen mir sagen, dass ich erst jetzt fraulich wirke und vorher einfach zu kantig war!

Der Kleiderschrank wurde bereits mehrfach komplett überholt. Pro Austausch blieben immer ein paar Lieblingsstücke hängen. Sie mahnen und lassen mich hoffen, eines Tages wieder in sie hineinzupassen. Ich weiß, die Hoffnung stirbt zuletzt. Und nun mache ich die zigste Diät. Die Antikohlenhydrate-Eiweiß-SchlankimSchlaf-WeightWatchers-Almased-Sport-Diät. Die verlangt strikte Strenge. Sollte ja kein Problem für mich, den Kontrollfreak, sein. Ich sage nur 16:00 Uhr-Diät. Habe ich mal ein halbes Jahr am Stück durchgehalten. Gnadenlos. Ohne Probleme. Heute schaffe ich es, den ganzen Tag lang streng zu mir zu sein… und mich abends in eine siebenköpfige Raupe zu verwandeln. Früher habe ich Kalorien gezählt, weil ich begehrenswert für die Männerwelt sein wollte. (Machen wir uns nichts vor: Gäbe es keine Männer, gäbe es viel mehr rundlichere Frauen.) Ich kannte sämtliche Ernährungstipps und Irrglauben. Ich war der gesündeste, sportlichste Mensch auf Erden. Und doch hatte ich gehofft, eines Tages bei Erreichen der Zielgeraden (= Mann) damit aufhören zu können. Kaum war ich aber im roten figurbetonten Kleid über die Ziellinie gestürmt, nahm ich zu. Genau genommen, nahmen wir gemeinsam zu („Liebe geht durch den Magen."). Und wenn irgendeiner glaubt, ein Mann würde seiner innig geliebten Frau beim Abnehmen helfen, der irrt gewaltig! Er macht einen Tag lang mit und am nächsten Tag ist ihm der Speiseplan schon zu eintönig. Mir ja auch! Ich liebe Essen!! Ich summe vor Wonne, wenn ich Köstlichkeiten zu mir nehmen darf!! Aber ich darf ja nicht! Ich muss knallhart zu mir sein! Ich will doch wieder in das tolle rote Kleid passen! Will schön und begehrenswert für ihn sein! Aber da habe ich nicht mit einem männlichen Urinstinkt gerechnet. Männer wollen gar nicht, dass die eigene Frau schön und begehrenswert ist! Denn wenn sie das ist, würde das womöglich auch anderen Männern auffallen! Ach ja, bei der eigenen Frau dürfen die oft belächelten inneren Werte endlich mal zählen. Und dann pinnt sich die Krone der Schöpfung eine Karte an den Kühlschrank: „Deshalb steht Bier immer im unteren Kühlfach." Darauf ein Paar meterlange, schlanke, sehr ästhetische Frauenbeine und ein bisschen Slip. Ich bin deprimiert. Wenn diese Waage nicht mal bald unter die magische Zahl schreitet, ist hier was los!!

P.S. Vermelde erfolgreiche Vernichtung der Joghurtsplits. Ist kein einziges mehr im Müsli! Schnief.

Lottoglück – mal anders

Nach meinem ersten und letzten Lottogewinn in Höhe von zehn Euro nochwas, der nun schon einige Jahre zurück liegt, lasse ich mir häufig von meinem Lottoladen bestätigen, dass ich immer noch Glück in der Liebe habe. Weil meine Kasse aber nach wie vor besonders knapp und meine Hoffnung auf ein paar Milliönchen besonders groß ist, gebe ich den Wunsch nicht auf, zusätzlich die Bestätigung zu bekommen, dass man Glück in der Liebe UND im Spiel haben kann. Jenseits der 30 wird der Wunsch sogar noch größer. Schließlich und endlich müssen mehr Kosmetika gekauft, mehr Sport betrieben und teurere Diäten ausprobiert werden… 30 zu sein, bedeutet, dass frau Sorgenfalten bekommt, weil sich der Körper nicht mehr so verhält wie mit 20. 30 Jahre alt zu sein heißt aber auch, endlich von anderen, meist älteren Leuten Respekt erwarten zu können.

Leider hat die Zahl auch die Macht, sich zeitweise noch zig Jahre älter zu fühlen, als man ist. Und so schlurft man feierabends gen Lottoladen, reicht kraftlos seinen Lottoschein über die Theke, weiß, dass man sowieso nichts kriegt, und sehnt die Couch herbei.

Und wird von der Lottofee angenuschelt. Vielleicht nuschelt sie auch nicht, aber es kommt einfach kein logisches Wort bei mir an. Ich mache ein verständnisloses Gesicht, frage begriffsstutzig „Hm?" und höre das gleiche Kauderwelsch noch mal. Ich verstehe immer noch rein gar nichts. Sie will irgendwas von mir sehen. Nur was? Ich starre sie hilfesuchend an. Sie deutet auf ein Schild an der Ladentheke und sagt dann deutlich: „Kann ich bitte Ihren Ausweis sehen?!"

Auf dem Schild steht: „Lotto- und andere Glücksspiele unter 18 verboten!"

Ich zeige voller Elan meinen Ausweis, empfange fröhlich die Nachricht, dass ich nichts gewonnen habe, hüpfe jugendlich frisch aus dem Laden und ... die Couch sieht mich an diesem Abend nicht mehr!

Herstellung und Verlag:
Books on Demand GmbH, Norderstedt
ISBN 978-3-8391-8746-3